CU00408629

COLLECTION
FOLIO CLASSIQUE

William Shakespeare

Roméo et Juliette

Préface et traduction d'Yves Bonnefoy

Gallimard

© Mercure de France, 1968 et 1985, pour la traduction française.
© Éditions Gallimard, 1985 et 2001, pour la préface et le dossier.

L'INQUIÉTUDE DE SHAKESPEARE

Je rapprocherai Macbeth *de* Roméo et Juliette. *Le drame noyé de brume, taché de sang, traversé de cris d'épouvante, l'œuvre de Shakespeare la plus nordique et nocturne — et, si méditerranéenne au contraire, la tragédie romanesque, le poème qu'un Pisanello aurait aimé peindre à fresque dans un de ces beaux palais où la musique et la danse semblent dégager le désir de la gangue de sa violence première.*

Pourquoi ce rapprochement, puisque Macbeth *nous apparaît comme le coupable absolu, sans rien en lui qui puisse attirer cette compassion dont l'Occident a fait le principe d'explication de notre intérêt pour la tragédie, tandis que* Roméo et Juliette *sont, ou du moins nous paraissent être, les victimes totalement innocentes d'une conjuration du hasard des astres et de la sottise des hommes. Ils meurent, mais comme la preuve faite, nous semble-t-il, que la noblesse et la pureté ne sont pas des vues de l'esprit. Le jour se lève lorsque la pièce finit.*

Toutefois, observons d'abord que l'Italie n'est pas pour les élisabéthains ce que nous croyons aujourd'hui qu'ils y rencontraient déjà. Sans doute était-elle pour eux la scène de la culture, de la beauté, de la joie des sens, mais la pensée révolutionnaire de Machiavel s'était répandue à travers l'Europe comme une menace qu'il fallait vaincre, et en pays protestant ce déni se fait par un amalgame qui compromet la culture qu'on sait pourtant nourricière. Machiavel est assimilé à Satan pêle-mêle avec les jésuites, artisans de la Contre-Réforme, suppôts du diable, et l'Italie est désignée sous ce signe comme la terre de la perfidie, du poison, du meurtre. Iago est italien, de même qu'est écrite dans l'« italien le plus pur » la sombre histoire de l'oncle que son neveu assassine — c'est dans Hamlet, le « théâtre dans le théâtre » — en lui versant pendant son sommeil un suc vénéneux dans l'oreille. Le roman gothique s'annonce. Le Sud est déjà autant que le Nord l'occasion d'une méditation sur les aspects ténébreux de l'âme, en péril depuis la première faute. Et cette méditation se fait dans Roméo, *l'œuvre des premières années, et* Macbeth, *maturité de Shakespeare, d'une façon qui n'est pas si dissemblable, ce qui permet à la comparaison des deux pièces de nous les faire apparaître, chacune, dans une lumière nouvelle.*

Faut-il en effet estimer, sans plus, que Macbeth *représente le mal en soi, le mal incarné, quand* Roméo, *lui, ne serait qu'amour, même si son destin le voue aux malentendus et à la détresse d'une façon dès lors aussi injuste qu'énigmatique ? Il est tentant de penser ainsi, mais qu'on regarde les œuvres de plus près, et bien des questions se posent, qui ne cadrent pas avec cette idée.*

Quel est le problème que Roméo et Juliette *donne à considérer, à première vue ? Évidemment celui même de ce malheur qui frappe le juste, autrement* dit le silence de Dieu en un moment où il aurait dû, serait-ce *in extremis*, serait-ce par un miracle, venir au secours de l'innocence et de la vertu. Il est vrai, se disaient les penseurs élisabéthains, que le péché originel a déréglé la mécanique du monde, que le cours même des astres en a perdu cette coordination harmonieuse qui eût assuré aux humains, par un jeu d'influences où les éléments, et les humeurs, ont leur rôle, un destin sans vicissitudes. Tout de même il y a vraiment trop de traverses dans la destinée de ces deux amants qui n'avaient voulu, semble-t-il, que se conformer à la grande loi de la vie, qui est celle aussi de Dieu et des mondes. Dira-t-on que le juste que le hasard a frappé a pour dure mais grande tâche de s'élever au-dessus de l'adversité ? Ces deux-là, cependant, n'ont guère le temps de se préparer à cette existence seconde, encore moins de la vivre : on dirait que le ciel veut que ce soient les meilleurs qui, à force même d'amour, finissent par n'être que désespoir et aient donc recours au suicide, lequel conduit en enfer.

Mais de même que dans Macbeth le coupable n'apparaît tel que dans une visée au total profonde, qui découvre le vice métaphysique sous le jeu des pulsions grossières, de même il se pourrait que dans Roméo les déterminations qu'on voit se marquer dans l'action ne soient que des faits de surface ; et qu'à ces maux qui ravagent deux destinées il y ait une cause qui ne serait pas le hasard, mais la difficulté d'un de ces deux êtres à l'égard du monde où il a à vivre. Roméo est-il vraiment cet amoureux dont le sentiment, conforme au vouloir de toute la création, serait éprouvé par lui si purement, si intensément que Shakespeare ne ferait qu'y référer comme on emploie une couleur franche,

*parmi des gris et des noirs ? En fait il est aussi, c'est
l'indication insistante du premier acte, le mélancolique
comme l'étudiait l'époque élisabéthaine, le triste qui
avant de s'enflammer pour Juliette croyait aimer une
Rosaline qui n'était pourtant qu'un mirage et, pour
lui, l'alibi d'un refus du monde. Roméo ne vivait alors
que la nuit, il fuyait ses amis, sa parole n'était qu'un
vaste rêve qui substituait à la pratique de la réalité
quotidienne la forme simplifiée d'une image. Et cela
peut sembler l'intensité et la pureté mais c'est tout de
même l'oubli des êtres comme ils existent, dans l'ordinaire des jours, et donc le manque de compassion, soit,
en puissance, le mal.*

*On va m'objecter, cela étant dit, que ce n'est là que
le début de la pièce et que cette mauvaiseté s'y efface
ensuite, avec la rencontre de Juliette et l'amour enfin
partagé. Mais une lecture attentive de la tragédie révèle vite, au contraire, que Shakespeare n'a porté à la
scène le récit raconté déjà par Bandello ou par Arthur
Brooke qu'en y inscrivant un soupçon, lequel relève et
met en relief nombre de faits qui le préoccupent.
Roméo ne va chez les Capulet, ses ennemis, qu'avec le
pressentiment d'un malheur, comme s'il se sentait
poussé par une force néfaste, déjà active en son être
même. Cet avenir s'est signifié dans un rêve, qu'il ne
pourra raconter, Mercutio lui ayant coupé la parole : si
bien qu'on va être tenté de croire que ce qu'il allait
nous dire, c'est ce qui a eu lieu le soir ou le lendemain,
déjà à demi dessiné dans son désir inconscient. N'est-il
pas, décidément, celui qui ne peut aimer que si un obs-
tacle tient à distance — et ourle de transcendance —
l'objet de son affection ? On remarquera que c'est au
loin, dans la grande salle du bal, que se trouve encore*

Juliette quand il s'enfièvre pour sa beauté, qu'il dit d'ailleurs trop grande pour cette terre ; et que c'est comme une image toujours qu'il la voit reparaître dans l'embrasure de sa fenêtre, au début de la scène du balcon. De la façon dont il évoque dans ses paroles extasiées cette belle vision nocturne, ce n'est pas la figure d'une personne réelle qui peu à peu se dégage, mais une forme cosmique, où deux grands yeux sont déjà en route pour se fixer parmi les étoiles, ce qui n'est pas sans laisser filtrer à travers cette apparence silencieuse une lumière inquiétante, annonciatrice des rêveries d'Edgar Poe. Outre cela, Roméo va se lier à Juliette par un mariage secret, qui l'aurait privé de la rencontrer dans la réalité quotidienne, et cela aussi est un mauvais signe. La possession charnelle n'est pas le contraire du rêve quand elle est réduite à rien que son acte propre par la furtivité des rencontres. Rien n'indique que Juliette n'est pas pour cette sorte d'amant une Rosaline nouvelle, qui sera preuve toujours qu'au nom de la beauté on peut dédaigner le monde, et méconnaître aussi bien ce qu'est la personne qu'on croit aimer, aux autres moments de son existence.

Or, c'est là une expérience de l'être qui, même si elle ne se sait pas une faute, ressemble à la disposition négative retrouvée par Shakespeare au début des mauvais choix de Macbeth ; et elle aussi peut donc bien avoir cette fois encore des conséquences funestes. Parier sur le rêve, en effet, jouer sur l'apparence au lieu d'affronter la présence, c'est s'engager entre réalité et mirage dans une passe difficile où l'impatience fait loi, où les actes sont plus risqués, où il est donc naturel que les hasards se fassent plus dangereux, et qu'enfin le malheur arrive. « Il l'a cherché, il l'a bien voulu », dit la sagesse des nations dans des cas semblables. *Nous pouvons suspecter, quant à nous, Roméo d'avoir voulu, au profond de soi, ce qu'il a cru qu'il ne faisait que subir.* Nous pourrons même voir dans sa décision de suicide, prise comme frappe l'éclair, de façon tout aussi soudaine que son amour s'était déclaré, la conséquence de cet éloignement qui a toujours pour lui déformé le monde et noyé de rêves l'action, plutôt que simplement un des signes encore de sa fatalité de malheur.

Et nous avons à nous dire aussi que, responsable de ce malheur, il l'est également de nombre d'autres qu'on voit advenir dans la pièce, à commencer par ceux de Juliette. Épousée en secret, exposée de ce fait à des périls tels que ce projet de mariage que son père forme pour elle et qui la jette dans des péripéties effrayantes, traumatisantes, on peut la dire volée de son destin, et penser que Roméo, dans ces conditions, l'a séduite plus qu'épousée, l'a violée bien que consentante : alors qu'une ligne de conduite tout autre restait possible, quelques indices le montrent. À plusieurs reprises Shakespeare nous laisse entendre que les querelles s'apaisent, qui divisaient les Montaigu et les Capulet. Il n'y a plus pour les relancer que la sottise des domestiques et l'orgueil de ce jeune neveu, Tybalt, dont la rêverie héroïque est un peu la répétition, sur un mode vulgaire, de ce déni des réalités qui caractérise Roméo. Quant au chef du clan Capulet, qui songe à marier sa fille, il fait l'éloge de ce dernier et le tolère même dans sa maison. Que Roméo n'a-t-il médité l'adage qui exprime l'essence du christianisme : « Frappez et l'on vous ouvrira » ? C'est par des mariages que cherchaient à finir, souvent, les antagonismes de ces époques. C'était peut-être à Roméo qu'il revenait d'accomplir avec le *meilleur de son être — la confiance — cette grande réconciliation que pressentait le frère Laurent, et que réussit sa mort, mais à quel prix ? et trop tard.*

Dans Roméo et Juliette *Shakespeare soulèverait ainsi un peu le même problème que dans* Macbeth, *répondant à une énigme semblable par la même sorte d'approche. La question, dans les deux cas, l'aporie qui trouble un esprit habitué à l'idée de la vigilance du ciel[1], c'est celle de ce hasard qui semble la contredire, non tant par les vicissitudes qu'il multiplie dans la vie des justes que par les pièges qu'il semble tendre sous leurs pas, et dont le démon profite. Et la réponse, c'est bien de reconnaître dans les victimes de ces hasards le fait déjà d'une faute qui délivre le ciel du reproche d'indifférence, mais c'est aussi de déceler cette faute dans une région reculée de l'âme, là où de moindres auteurs, satisfaits avec les vertus ou les vices qu'on voit dans l'action ordinaire, n'auraient pas su la chercher. Shakespeare, en somme, ne se laisse arrêter ni par l'horreur ni par la compassion, encore qu'il les éprouve. Il fait de sa force de sympathie — qui ne se refuse à aucun de ses personnages, d'où l'impression d'universalité qu'il nous donne, alors qu'il a tout de même une sensibilité bien à lui, et affirme ses opinions — l'écoute des besoins frustrés, des aspirations naïves, des aliénations encore dormantes, des morbidités qui semblent légères ; et avec les théologiens bien que sans langage de philosophe il déchiffre dans ces linéaments du rapport au monde la mystérieuse racine — la mandragore encore*

1. Dans *Lear*, lorsque Edgar relève le défi d'Edmond, qui pourrait douter que ce combat, décisif, verra sa victoire ? Que le juste périsse en ce jugement de Dieu est proprement impensable dans l'économie de la pièce.

*sans voix — de ce qui plus tard dans la vie, en des cir-
constances nouvelles, va apparaître le mal... Avec les
théologiens mais avec le démon aussi, qui, soit dit en
passant, fait la même analyse qu'eux. Mais c'est dans
son cas pour le pire, quand Shakespeare ne cherche à
tendre à la société un miroir que pour que l'âme chrétienne, comprenant plus vite ses manques et par conséquent son péril, échappe à son ennemi, justement. —
Et il ne manque à Shakespeare, dans* Roméo *ou* Macbeth, *que d'avoir suivi dans ses étapes intermédiaires
le développement de ce mal dont il connaît aussi bien
les conséquences les plus atroces que les origines infimes. La langue de l'intériorité n'est pas encore assez
diversifiée ou admise sur la scène élisabéthaine pour
qu'il ait eu la facilité de ces monologues qui sont comme
des fenêtres qu'on ouvre sur les rapports de l'action et de
l'inconscient. Mais dans* Hamlet *ou dans* Othello *c'est
justement à ces moments de délibération tâtonnante
qu'il va bientôt essayer de s'attacher, que ces pensées
stagnent jusqu'à la mort dans l'ennui des journées
boiteuses ou débouchent d'un coup dans l'égarement
ou le crime.*

*D'où cette remarque, pour finir. Face à Marlowe,
par exemple, qu'il a beaucoup médité, Shakespeare
demeure donc optimiste : puisque, remontant du
crime ou de l'injustice vers des états de conscience dif-
ficiles mais qu'on peut localiser, étudier, comprendre,
il se refuse à conclure au non-sens radical d'aucune
situation d'existence. Optimiste, le mot peut sembler
bizarre dans le cas d'un poète si averti des noirceurs
dont l'humanité est capable : qui sait Iago auprès
d'Othello, et a imaginé ce Richard III dont on se demande s'il eut jamais le moyen de choisir entre le
bien et le mal. Mais Shakespeare répugne visiblement*

à voir dans ces quelques monstres beaucoup plus que des exceptions, sortes de contre-miracles qu'une faute antérieure explique ou un plan de la Providence ; et dès qu'il le peut c'est l'idée de la liberté qu'il favorise, reconnaissant le fait originel de la Faute et sa consé-quence, l'affaiblissement du vouloir humain, mais ne décrivant les nouvelles chutes que sur l'arrière-plan des vertus qui savent persévérer et des recommence-ments qui espèrent. Que de fois sur la scène shakes-pearienne l'action finit quand le jour se lève, quand l'ordre secoué, dévasté vient d'être rétabli, quand l'être est réaffirmé soit de manière soudaine, soit par l'action des forces du bien de plus en plus clairement au travail vers la fin de l'œuvre ! Il en est ainsi, pour le premier cas, dans Roméo et Juliette ; et pour le second, dans Macbeth. Le mal, chez Shakespeare, est toujours au principe de ses recherches sur le destin, mais c'est un mal relatif, découpé sur fond de clarté divine et circonvenu par la Grâce.

Un optimisme ? Non sans pourtant une réelle inquié-tude, perceptible dans l'œuvre à divers signes qui reparaissent en bien des points. Le mal n'est-il qu'un vertige devant la plénitude de l'être, va-t-il suffire pour s'en défaire de se lever, de marcher ? Mais avec quelle rapidité ce pli peu perceptible de l'âme s'est-il étendu parfois, et avec quelle ampleur de conséquences pour l'individu et l'État, sinon même pour la nature dont le désordre reflète, dans Macbeth, dans Jules César, dans Lear, le désarroi des consciences ! Et cela quand tant de ses principaux personnages avaient paru au début si riches de dons et de vertus ! Laissons de côté maintenant Macbeth, qui ne fut jamais qu'un guerrier brutal, dans une époque encore barbare, on dirait antérieure au christianisme — et qui, de ce fait,

*rassurerait presque : mais Roméo ! Celui-ci, c'est la
fine fleur d'une société chrétienne, où l'art, la musique, la rhétorique peuvent soutenir la conscience en
lutte. Évidents sont chez lui la bonne volonté, le désir
d'aimer, et jusqu'à cette beauté physique qui est encore
si aisément pour l'esprit de la Renaissance le dehors de
la qualité morale, de l'âme pure. Ne faut-il pas s'effrayer de voir que le mal est en lui aussi, et va tout
gâter en deux jours, comme le cankerworm, le ver
rongeur, dans la rose ?*

*Shakespeare s'effraie, certainement. La preuve en
est l'insistance avec laquelle, fasciné par cette contra-
diction, il dit à la fois la mélancolie de Roméo et son
riche métal, faisant attester ce dernier, dans l'œuvre
même, par ce Mercutio mélancolique aussi mais lu-
cide, dont il y a lieu de penser qu'il représente l'auteur
au cœur de sa création. Et la preuve en est plus encore
la concentration de plus en plus grande de la pensée
shakespearienne, après cette pièce, sur le problème de
la rupture entre l'esprit et le monde, problème du désa-
veu de la vie, de l'excarnation : c'était hier déjà le beau
jeune homme dans les Sonnets — dont la perfection
ne vaut rien puisque son refus du mariage, et de pro-
créer, révèle son avarice au plan spirituel — et c'est,
peu après Roméo, Brutus, et bientôt ce sera Hamlet.
Le prince de Danemark, mélancolique, douteur, scan-
dalisé de la vie, n'est qu'un Roméo plus conscient, qui
sait l'insuffisance de son amour dont Ophélie, néan-
moins, sera victime autant que Juliette. La plus célèbre et moderne des tragédies de Shakespeare pose à
plein le problème qui n'était encore que sous-jacent
dans son récit le plus romanesque ; et le fait avec une
angoisse que métaphorisent dès le début la nuit froide,*

les murailles désertes, les préparatifs de combat, l'omni-présente menace de l'invisible.

On est à la Renaissance, il ne faut pas l'oublier. La création artistique, les beaux objets, les poèmes où re-fleurissent les mythes, la beauté même des corps plus complètement reconnue, sont autant d'occasions de se laisser prendre à des charmes qui peuvent ne tendre qu'à l'illusoire. Le rêve s'étend, il se glisse dans la vie même, il semble gagner la partie. En philosophie, dans la vie morale, même et surtout dans des formes de l'expérience mystique la pensée néoplatonicienne, que Shakespeare rencontre chez Spenser, semble cautionner la démarche qui fait préférer le mirage, quitte à être cause du spleen de ces jeunes hommes silencieux, assis le menton dans la main, les épaules ceintes du manteau d'encre.

Et si, quand le siècle prend fin, il y eut Shakespeare, c'est-à-dire ce lieu si vaste sous un regard si profond, ce n'est pas seulement parce qu'il fallait, comme il a demandé de le faire, tendre à la vertu un miroir pour qu'elle s'y mire sans complaisance, c'est parce que la confiance que l'homme médiéval savait placer dans le monde était minée, désormais, et devait donc être ré-tablie, ce qui demandait de sonder toutes les énigmes entr'aperçues, tous les drames qui se nouaient sous le regard des poètes, toutes les formes de rêve. Le grand écrivain est celui qui sent fléchir cette foi dans le sens du monde qui assure à la société sa survie sinon son bonheur ; celui qui fait de cette syncope son seul souci, dont la monotonie même, qu'il ne craint pas, lui per-met d'embrasser l'immense diversité des situations et des êtres.

YVES BONNEFOY

Roméo et Juliette

La scène est à Vérone et à Mantoue.

PERSONNAGES

ESCALUS, *prince de Vérone.*
PARIS, *jeune gentilhomme, parent du prince.*
MONTAIGU
CAPULET } *chefs des maisons ennemies.*
Un vieil homme, de la famille Capulet.
ROMÉO, *fils de Montaigu.*
MERCUTIO, *parent du prince et ami de Roméo.*
BENVOLIO, *neveu de Montaigu et ami de Roméo.*
TYBALT, *neveu de Lady Capulet.*
FRÈRE LAURENT, *franciscain.*
FRÈRE JEAN, *du même Ordre.*
BALTHAZAR, *serviteur de Roméo.*
SAMSON
GRÉGOIRE } *serviteurs de Capulet.*
PIERRE, *serviteur de la nourrice de Juliette.*
ABRAHAM, *serviteur de Montaigu.*
Un apothicaire.
Trois musiciens.
Un page de Paris, un autre page, un officier de police.
LADY MONTAIGU, *épouse de Montaigu.*
LADY CAPULET, *épouse de Capulet.*
JULIETTE, *fille de Capulet.*
La nourrice de Juliette.
Des citoyens, des parents de chaque maison, des gardes, des hommes de guet, des serviteurs et autres gens de maison.
LE CHŒUR.

PROLOGUE

Entre le CHŒUR.

Deux illustres maisons, d'égale dignité
Dans la belle Vérone où nous plaçons la scène,
Enflamment à nouveau leur antique querelle,
Et de leur propre sang les citoyens se souillent.

Mais du sperme fatal des princes ennemis
Sont nés deux amoureux que détestent les astres,
Et leur grande infortune ensevelit enfin
Avec leurs pauvres corps les haines familiales.

L'inquiet devenir de leur funeste amour
Et l'opiniâtreté des fureurs de leurs pères
Que rien n'apaisera qu'un couple d'enfants morts,
Vont deux heures durant occuper ce théâtre,

Et si vous consentez à un peu de patience,
Nos efforts suppléeront à notre insuffisance.

Il sort.

ACTE PREMIER

SCÈNE I

Une place publique de Vérone.

Entrent SAMSON *et* GRÉGOIRE, *de la maison des Capulet, armés d'épées et de boucliers.*

SAMSON

Par ma bonne lame, Grégoire, ce n'est pas nous qui leur tiendrons la chandelle.

GRÉGOIRE

Oh, que non ! Ce serait plus propre de leur en faire voir quelques-unes.

SAMSON

Disons que s'ils nous échauffent trop, nous pourrions tirer quelque chose.

GRÉGOIRE

Ouais, quand ça chauffe trop, vaut mieux se tirer.

SAMSON

Moi, quand on m'a trop excité, c'est un coup que je porte, et vite.

GRÉGOIRE

Mais tu n'es pas très porté à être vite excité.

SAMSON

Un chien de la tribu des Montaigu, ça m'excite.

GRÉGOIRE

Autant dire, ça te secoue. Tandis que, pour être brave, faut rester droit. Donc, si on t'excite, tu te débandes.

SAMSON

Un chien de cette maison, ça m'excite à me tenir droit. Le dos au mur que je les attends, les hommes et les donzelles de Montaigu.

GRÉGOIRE

Ça montre bien que tu es minable. Car ce sont les faibles qui s'appuient.

SAMSON

C'est juste. Et c'est pourquoi les femmes, qui sont les plus faibles des vases, il faut toujours qu'on se les appuie. Bien ! J'écarterai du mur les hommes de Montaigu, et j'y appuierai ses servantes.

GRÉGOIRE

La querelle est entre nos maîtres, et aussi entre nous leurs hommes.

SAMSON

C'est tout un. Je me montrerai un tyran. Quand j'aurai
combattu les hommes, je serai le bourreau des filles, et je
leur ferai sauter…

GRÉGOIRE

La tête ?

SAMSON

La tête des pucelles, ou ce qui leur fait perdre la tête,
ou… Prends-le dans le sens que tu voudras.

GRÉGOIRE

À celles qui le sentiront de le prendre dans le bon
sens.

SAMSON

C'est moi qu'elles sentiront tant que je serai capable de
tenir. Et c'est bien connu que je suis un fameux morceau
de chair.

GRÉGOIRE

Tant mieux si tu n'es pas du poisson ! Sinon tu n'aurais
été qu'une pauvre Jeanne Merluche. Allons, tire-moi ton
instrument : car en voici deux qui viennent, de la maison
Montaigu.

Entrent Abraham et un autre serviteur.

SAMSON

Mon arme à tous les vents ! Cherche-leur querelle. Je te
suis.

GRÉGOIRE

Ouais ! Par-derrière, pour te sauver ?

SAMSON

Sois sans crainte.

GRÉGOIRE

Oh, Sainte Vierge ! Te craindre, toi ?

SAMSON

Mettons la loi de notre côté ; qu'ils commencent !

GRÉGOIRE

En passant, je les regarderai de travers, et qu'ils le prennent comme ils voudront.

SAMSON

Comme ils oseront, dis plutôt ! Je vais leur siffloter au visage. Et s'ils supportent ça, ce sera pour eux un affront.

ABRAHAM

C'est pour nous que vous sifflotez, monsieur ?

SAMSON

C'est vrai, monsieur, je sifflote.

ABRAHAM

C'est pour nous que vous sifflotez, monsieur ?

SAMSON, *bas.*

Est-ce que la loi est pour nous, si je lui dis oui ?

GRÉGOIRE, *bas.*

Non.

SAMSON

Non, monsieur, ce n'est pas pour vous que je sifflote, monsieur, mais je sifflote, monsieur.

GRÉGOIRE

Vous nous cherchez querelle, monsieur ?

ABRAHAM

Une querelle, monsieur ? Non, monsieur.

SAMSON

Si c'est ça que vous voulez, je suis votre homme, monsieur. Mon maître vaut bien le vôtre !

ABRAHAM

Mais pas davantage !

SAMSON

Si ça vous chante, monsieur !

Entrent Benvolio d'un côté, Tybalt de l'autre.

GRÉGOIRE

Dis « davantage ». Voici un des parents de mon maître.

SAMSON

Mais si, monsieur, davantage.

ABRAHAM

Vous en avez menti.

SAMSON

Dégainez, si vous êtes des hommes ! Vite, Grégoire, ta
fameuse botte, ne l'oublie pas.

Ils combattent.

BENVOLIO

Imbéciles, séparez-vous !
Rengainez ! Vous ne savez pas ce que vous faites.

TYBALT

Quoi, dégainer parmi ces poules sans coq ?
En garde, Benvolio, prépare-toi à la mort.

BENVOLIO

Je rétablis la paix, je ne fais rien d'autre. Rengaine,
Ou comme moi sers-toi de ton épée
Pour séparer cette valetaille.

TYBALT

L'épée en main, parler d'apaisement !
Je hais ce mot
Comme je hais l'enfer, tous les Montaigu et toi.
En garde, lâche !

*Ils combattent. Entrent des partisans des
deux maisons, qui se joignent au combat,
puis trois ou quatre citoyens, avec des massues et des pertuisanes. Et un officier de
police.*

L'OFFICIER

Les massues, les pertuisanes, les piques !
Frappez ces gens, jetez-les à terre.
Au diable les Montaigu et les Capulet !

> *Entrent le vieux Capulet, en robe d'intérieur, et sa femme.*

CAPULET

Qu'est-ce que tout ce bruit ? Holà,
Qu'on me donne ma grande épée !

DAME CAPULET

Des béquilles, des béquilles ! Que feriez-vous d'une
épée ?

CAPULET

Mon épée, ai-je dit. Voici le vieux Montaigu,
Et il me nargue en brandissant sa rapière !

> *Entrent le vieux Montaigu et sa femme.*

MONTAIGU

L'infâme Capulet ! Ne me retenez pas, laissez-moi
combattre !

DAME MONTAIGU

Pas un pas du côté de ton ennemi !

> *Entre le prince Escalus[1] avec sa suite.*

---

1. À l'époque où Bandello place l'histoire de Roméo et
Juliette, c'est en effet un Bartolomeo della Scala qui tenait
Vérone.

LE PRINCE

Sujets rebelles, ennemis de la paix publique,
Profanateurs d'un fer que vous souillez
Du sang de vos voisins... N'écouteront-ils pas ?
Ô vous, hommes, non, bêtes fauves, qui noyez
Le feu de votre rage pernicieuse
Dans les pourpres ruisseaux qui sourdent de vos veines,
Que vos sanglantes mains, — sous peine de torture ! —
Jettent au loin vos intempérantes épées,
Et entendez l'arrêt de votre prince courroucé.
Trois rixes fratricides, pour des paroles en l'air,
Par votre fait, vieux Capulet, vieux Montaigu,
Ont par trois fois troublé le calme de nos rues
Et contraint les plus vénérables, dans Vérone,
À laisser là leur belle gravité
Pour brandir dans leurs vieilles mains ces vieilles
  pertuisanes
Que la paix a rongées, et séparer les haines
Qui rongent votre cœur. Si jamais vous troublez
Une autre fois nos rues, c'est vos deux vies
Qui paieront leur tribut à la paix. Aujourd'hui
Retirez-vous, chacun. Vous, Capulet,
Vous m'accompagnerez. Et, Montaigu, vous-même
Vous viendrez cet après-midi à notre vieux Villefranche[1],
Notre cour de justice, pour apprendre
Quelle suite il nous plaît de donner à l'affaire.
Une fois de plus, sous peine de mort : retirez-vous.

1. Un emprunt de Shakespeare à Brooke, sauf que chez celui-ci Freetown est le château des Capulet. Shakespeare a diminué l'importance des deux familles rivales, peut-être pour grandir le rôle du prince, dont deux parents sont Mercutio et le comte Paris.

*Tous sortent, sauf Montaigu, son épouse
et Benvolio.*

MONTAIGU

Qui a remis au feu cette vieille querelle ?
Dites, neveu,
Quand tout a commencé, étiez-vous présent ?

BENVOLIO

Ils étaient là, les gens de votre adversaire
Et les vôtres, à se battre ferme, quand j'arrivai.
J'ai dégainé pour les séparer. Mais survint alors
L'impétueux Tybalt, et son épée nue
Qu'il faisait tournoyer devant son visage,
En me criant son défi aux oreilles
Et pourfendant les vents, qui n'en souffraient guère
Et lui sifflaient leur mépris. Comme nous échangions
Bottes et coups, des arrivants, d'autres encore
Ont pris part au combat. Puis ç'a été le prince
Qui a départagé les deux partis.

LADY MONTAIGU

Oh, où est Roméo ?
L'avez-vous vu, aujourd'hui ? Que je suis heureuse
Qu'il n'ait pas été pris dans cette bagarre !

BENVOLIO

Madame, une heure avant que le divin soleil
Ait passé l'œil aux fenêtres d'or de l'Orient,
Mon esprit en tourment m'a poussé dehors

Et là, dans le bosquet des sycomores[1]
Qui sont à l'ouest de la ville, j'ai vu
Votre fils qui allait, matinal comme moi.
Je m'approchai, mais il me devina,
Il se glissa sous le couvert des arbres
Et moi, conjecturant ses vœux d'après les miens
Qui n'aspiraient qu'aux lieux les plus solitaires
Puisque mon triste moi, ce m'est déjà trop,
Je suivis mon humeur, le confiant à la sienne,
Et le laissai, du même cœur qu'il m'avait fui.

MONTAIGU

Bien des fois le matin on l'a vu là, en effet
Grossissant de ses larmes la fraîche rosée de l'aube,
Ajoutant aux nuées du ciel celles de ses vastes soupirs.
Mais aussitôt que le soleil, joie de la terre,
Au plus lointain Orient commence d'écarter
Les rideaux vaporeux du lit de l'Aurore,
Mon triste fils fuit la lumière pour sa chambre,
S'y glisse et s'y enferme, toujours seul,
Clôt ses volets, boucle dehors le beau soleil,
Et se fabrique là une fausse nuit ! Sombre humeur,
Qui finira par lui être funeste
Si quelque bon conseil n'en chasse la cause !

BENVOLIO

En avez-vous idée, mon oncle très noble ?

MONTAIGU

Je n'en sais rien, et ne peux rien tirer de lui.

---

1. Le sycomore semble associé au chagrin d'amour dans le
monde shakespearien (cf. *Othello*, IV, III) ou même élisabéthain.
C'est sans doute à cause d'un jeu de mots : *sickamour* (*sick* :
malade).

BENVOLIO

Avez-vous essayé de tous les moyens ?

MONTAIGU

Oui, moi et beaucoup d'autres de nos amis.
Mais lui, seul conseiller de son sentiment
(Et mauvais conseiller, peut-être), le voici
En son for intérieur, aussi refermé,
Aussi impénétrable, aussi insondable
Que la fleur en bouton que le ver envieux ronge
Avant qu'elle ait ouvert ses doux pétales
Et pu offrir sa beauté au soleil.
Ah, que ne savons-nous d'où lui vient sa souffrance !
Nous aurions le désir d'y porter remède
Autant que nous l'avons de la deviner.

Entre Roméo.

BENVOLIO

Oh, voyez-le qui vient ! Veuillez vous retirer,
Je connaîtrai son mal... ou ses rebuffades.

MONTAIGU

Reste donc ; puisses-tu avoir le bonheur
D'une vraie confession. Allons-nous-en, madame...

Sortent Montaigu et sa femme.

BENVOLIO

Belle matinée, mon cousin !

ROMÉO

Le jour est-il encore si jeune ?

BENVOLIO

Neuf heures juste sonnées.

ROMÉO

Hélas, les heures tristes paraissent longues.
N'est-ce pas mon père qui vient de partir si vite ?

BENVOLIO

Lui-même. Mais qu'est-ce donc que cette tristesse
Qui allonge les heures de Roméo ?

ROMÉO

Ne pas avoir ce qui les rend trop brèves,
Dès qu'on le tient.

BENVOLIO

Amoureux ?

ROMÉO

Dépourvu…

BENVOLIO

D'amour ?

ROMÉO

Des faveurs de celle que j'aime.

BENVOLIO

Las ! se peut-il qu'Amour, si doux d'aspect,
Se révèle à l'épreuve un tyran si rude !

ROMÉO

Hélas ! Comment fait-il, Amour, les yeux bandés,
Pour suivre les chemins où son désir le porte ?

Où allons-nous dîner ? Ah, diable ! Quel combat
Y a-t-il eu, ici ?... Mais ne m'explique rien,
Car j'ai tout entendu. Beaucoup de haine
Ici, mais plus d'amour encore... Oh, pourquoi, pourquoi,
Cet amour querelleur ! Cette haine amoureuse,
Ce tout créé d'un rien ! Légèreté pesante,
Sérieuse vanité, innommable chaos
Des formes les plus belles, plume de plomb,
Lumineuse fumée, feu froid, santé malade,
Sommeil qui toujours veille et n'est point ce qu'il est.
Je ressens cet amour, sans y trouver d'amour...
Tu ne ris pas ?

BENVOLIO

Non, mon cousin, plutôt je pleurerais.

ROMÉO

Noble cœur ! Et pourquoi ?

BENVOLIO

Du fardeau qui accable ton noble cœur.

ROMÉO

Ah, voilà bien les empiétements de l'amour !
Mes souffrances déjà pèsent lourdement sur mon cœur
Et, en les surchargeant de ces autres, les tiennes,
Tu viens les aggraver ! Cet amour que tu me prodigues
Ajoute encore à l'excès de mes maux.
L'amour est la fumée qu'exhalent nos soupirs.
Purifié, c'est un feu dans les yeux des amants,
Contrarié, une mer que grossissent leurs larmes.
Qu'est-il encore ? Une folie très sage,
Un fiel qui nous étouffe, un baume qui nous sauve.
Au revoir, mon cousin.

BENVOLIO

Doucement ! Je vais avec toi.
M'abandonner ainsi, c'est me faire offense !

ROMÉO

Bah, je me suis abandonné moi-même,
Je ne suis pas ici... Ce n'est pas Roméo.
Il est quelque autre part...

BENVOLIO

Plus de plaisanteries : qui aimes-tu ?

ROMÉO

Faudrait-il des sanglots pour te l'avouer ?

BENVOLIO

Des sanglots ? Certes pas
Mais ne plaisante plus, et dis-moi qui.

ROMÉO

Demande à un malade de préparer
Son testament sans plaisanteries ! Mot malheureux
À l'adresse d'un malheureux ! Sans plaisanter ?
J'aime, cousin... une femme.

BENVOLIO

Je l'avais presque pensé en te voyant amoureux.

ROMÉO

Tu vises bien. Et celle que j'aime est belle.

BENVOLIO

Qui vise belle cible, cousin, la touche vite.

ROMÉO

Eh bien, tu l'as manquée. Car celle-là
Ne sera pas touchée par les flèches du dieu d'amour.
Elle a de Diane l'âme sage et, défendue
Par sa cuirasse impénétrable, la chasteté,
Elle vit sans souffrir des traits débiles
De l'enfant Cupidon. Les mots d'amour,
Elle se dérobe à leur siège. Les regards meurtriers,
Elle en repousse l'assaut. L'or qui vaincrait une sainte,
Elle lui ferme son sein. Oh, elle est riche de sa beauté
Bien que pauvre, c'est vrai, puisqu'à sa mort
Tout son bien périra avec sa beauté.

BENVOLIO

Elle a donc fait serment de vivre chaste ?

ROMÉO

Oui, et gaspille beaucoup dans cette avarice,
Puisque de sa beauté, que sa rigueur épuise,
Sera privée toute descendance à venir.
Elle est trop belle et trop sage, et belle trop sagement !
Pour mériter le ciel par mon désespoir
Elle a fait le serment de ne pas aimer. Et ce vœu
Me fait ce mort vivant, qui ne vit que pour te le dire.

BENVOLIO

Laisse-moi te guider. Oublie de penser à elle.

ROMÉO

Bon, apprends-moi comment on oublie de penser.

BENVOLIO

En rendant à tes yeux leur liberté.
Reconnais la beauté d'autres créatures.

ROMÉO

C'est le moyen, puisqu'elle est si exquise,
De penser à la sienne d'autant plus !
Ces heureux masques, qui baisent sur le front les jolies
    jeunes femmes,
C'est parce qu'ils sont noirs qu'on croit qu'ils cachent
    des lys.
Et cet homme soudain aveugle, oubliera-t-il
Le trésor de ses yeux perdus ? Ah, mon cher, montre-moi
Une amante parfaite. Que me sera
Sa beauté, sauf un mémento, où je pourrai lire
Celle qui éclipsait toute perfection ? Au revoir,
Tu ne pourras m'apprendre à oublier.

BENVOLIO

Je te l'enseignerai, sinon je mourrai en dette.

Ils sortent.

SCÈNE II

Quelques heures plus tard.

Entrent CAPULET, *le comte* PARIS *et un serviteur.*

CAPULET

Mais Montaigu est frappé comme moi,
Et des mêmes sanctions ! Il ne devrait pas être bien
    difficile
À des vieux comme nous de rester en paix.

PARIS

On vous sait tous les deux des hommes d'honneur.
C'est grand dommage, une aussi longue brouille...
Mais, monseigneur,
Quelle est votre réponse à ma requête ?

CAPULET

Je ne puis que vous répéter que mon enfant
Est encore étrangère à la vie du monde.
Elle n'a pas franchi le cap de ses quatorze ans.
Laissons encore deux étés se racornir dans leur gloire
Avant de décider qu'elle est mûre pour le mariage.

PARIS

De plus jeunes ont fait d'heureuses mères, déjà.

CAPULET

Et si vite fanées, ces mères trop jeunes !
La terre a englouti tous mes espoirs
Sauf elle, dont j'attends qu'elle hérite mes biens.
Mais faites-lui la cour, noble Paris, gagnez son cœur.
Ma volonté se plie à son assentiment
Et si elle dit oui, c'est à son choix
Qu'ira ma voix consentante et heureuse.
Selon le vieil usage, j'offre une fête ce soir,
Et j'y convie bon nombre d'invités
Que désigne mon cœur ; soyez-en un de plus,
Vous êtes parmi eux le très bienvenu.
Dans ma pauvre demeure, attendez-vous
À voir passer sur terre les étoiles
Et briller le ciel sombre. Toutes les joies
Que ressentent les jeunes hommes riches de sève

Quand vient le sémillant avril sur les talons
De ce boiteux, l'hiver, oui, ces délices,
Vous les éprouverez ce soir chez moi, parmi
Les jeunes femmes en fleur. Écoutez-les, et toutes,
Regardez-les, et choisissez d'aimer
La plus digne d'amour. Car, mieux connue,
Ma fille dans leur nombre pourrait compter
Sans faire votre compte... Allons, venez ! Et toi,

Au serviteur.

Maraud, va clopinant dans la belle Vérone
Me trouver ces personnes dont les noms,
Vois, sont écrits ici. Tout à leur bon plaisir
Est mon logis, dis-leur, et ma bienvenue.

Sortent Capulet et Paris.

LE SERVITEUR

Me trouver ceux dont les noms sont écrits ici ! Il est
écrit que le cordonnier doit se servir de son aune, et le
tailleur de son tire-pied, et de son pinceau le pêcheur, et
le peintre de ses filets. Mais moi, on m'envoie trouver
ces personnes dont le nom est écrit ici, et je ne peux pas
même trouver quels noms a écrits la personne qui a
écrit ! Ce qu'il faut que je trouve, c'est un savant... Oh,
à merveille !

Entrent Benvolio et Roméo.

BENVOLIO

Bah, mon ami, un feu éteint un autre feu,
Une douleur est amoindrie par de nouvelles souffrances,
Tourne jusqu'au vertige, et tu iras mieux

En tournant à rebours ; une peine désespérée
Guérit dans les langueurs d'un désespoir autre.
Infecte ton regard d'un venin nouveau,
Et le premier perdra sa force maligne.

ROMÉO

La feuille du plantain est souveraine pour ça ?

BENVOLIO

Pour quoi, s'il te plaît ?

ROMÉO

Pour les jambes cassées.

BENVOLIO

Diable, Roméo, es-tu fou ?

ROMÉO

Pas fou, mais mieux ligoté qu'aucun fou.
Bouclé dans un cachot, gardé sans nourriture,
Fouetté, tourmenté… Bien le bonsoir, mon brave !

LE SERVITEUR

Dieu vous le rende, monsieur ! S'il vous plaît, sauriez-
vous pas lire ?

ROMÉO

Oui, mon destin, dans mon infortune.

LE SERVITEUR

Peut-être bien que ça, vous l'avez appris sans les livres !
Mais, s'il vous plaît, est-ce que vous pouvez lire tout ce
qu'on vous met sous les yeux.

ROMÉO

Oui, ma foi, si j'en sais la langue, et l'alphabet.

LE SERVITEUR

C'est honnêtement répondu. Le ciel vous ait en sa joie !

Il s'éloigne.

ROMÉO

Reste, mon ami, je sais lire.

Il lit.

« Le seigneur Martino, son épouse et ses filles,
Le comte Anselme et ses charmantes sœurs,
La noble dame, veuve de Vitruvio,
Le seigneur Placentio et ses jolies nièces,
Mercutio et son frère Valentin,
Mon oncle Capulet, sa femme et ses filles,
Ma belle nièce Rosaline, avec Livia,
Le seigneur Valentio et son cousin Tybalt,
Lucio, et la turbulente Héléna. »
Une belle assemblée. Où faudrait-il qu'ils aillent ?

LE SERVITEUR

Là-haut.

ROMÉO

Où donc, là-haut ?

LE SERVITEUR

À souper ; dans notre maison.

ROMÉO

Quelle maison ?

LE SERVITEUR

Celle de mon maître.

ROMÉO

C'est vrai que j'aurais dû te demander quel est celui-
ci, tout de suite.

LE SERVITEUR

Je vous le dirai maintenant sans que vous m'en fassiez
demande. Mon maître, c'est le grand, c'est le richissime
Capulet ; et, à moins que vous ne soyez de la maison
Montaigu, je vous prie de venir chez nous siffler un
verre de vin. Le ciel vous garde en sa joie !

Il sort.

BENVOLIO

À ce festin traditionnel des Capulet
Soupe la belle Rosaline, celle que tu aimes si fort,
Et toutes les beautés fameuses de Vérone.
Vas-y, et d'un regard sans préjugé
Compare son visage à certains que je te dirai.
Je veux te faire voir un corbeau dans ton cygne.

ROMÉO

Si la dévote religion de mes regards
Admet pareille fausseté, que mes larmes deviennent
flammes,
Et que ces yeux, si souvent noyés sans qu'ils meurent,
Clairement hérétiques soient brûlés

Pour m'avoir tant menti. Une femme plus belle que
   mon amour !
Le soleil qui contemple tout n'a jamais vu son égale
Depuis l'aube de l'univers !

BENVOLIO

Bah, tu l'as trouvée belle pour l'avoir un jour trouvée
   seule,
Et à elle seule opposée dans la balance de tes deux
   yeux.
Mais cet objet de ton amour, sur ces plateaux de cristal,
Confronte-le à telle ou telle des jeunes femmes
Que je te montrerai ce soir, brillantes dans la fête,
Et tu estimeras tout juste passable
Ce que tu croyais le meilleur.

ROMÉO

J'irai, mais non pour voir ce que tu me dis.
Je veux me délecter des charmes de ma belle.

Ils sortent.

SCÈNE III

La demeure des Capulet.

Entrent LADY CAPULET *et la* NOURRICE.

LADY CAPULET

Où est ma fille, nourrice ? Demande-lui de venir.

LA NOURRICE

Eh ! par le pucelage de mes douze ans,
Je lui ai dit de venir. Hou, hou, mon agneau,
Ma coccinelle chérie ! À Dieu ne plaise,
Où qu'elle est donc, cette enfant ? Hou hou ! Juliette !

Entre Juliette.

JULIETTE

Quoi, qui m'appelle ?

LA NOURRICE

Votre mère.

JULIETTE

Madame, me voici. Que désirez-vous ?

LADY CAPULET

Ceci… mais laisse-nous un instant, nourrice,
Nous avons à parler… Ah, non, reviens,
J'ai une idée meilleure, assiste à notre entretien.
Tu sais que ma petite fille est déjà grandette.

LA NOURRICE

Oh, Dieu ! Je peux vous dire son âge à une heure près.

LADY CAPULET

Elle n'a pas quatorze ans.

LA NOURRICE

Quatorze de mes dents, que je parierais,
Sauf que je n'en ai plus que quatre, et c'est bien
    dommage,

Qu'elle n'a pas quatorze ans ! Combien de journées
   encore
Avant la Saint-Pierre-aux-liens ?

LADY CAPULET

Une quinzaine, un peu plus peut-être.

LA NOURRICE

Un peu plus ou pas un peu plus, la veille au soir
De ce grand jour de la Saint-Pierre, elle va avoir
   quatorze ans.
Elle et Suzanne — âmes chrétiennes, que Dieu les
   sauve ! —
Elles avaient le même âge. Bien, ma Suzanne
Est avec Dieu. Elle était trop bonne pour moi. Bien...
   Je disais
Qu'à la veille de la Saint-Pierre elle va avoir
   quatorze ans.
Elle les aura, par la Vierge ! Je m'en rappelle si bien !
Cela fait onze ans maintenant qu'a tremblé la terre,
Et je l'avais sevrée, je ne l'oublierai jamais,
Tout juste ce jour-là parmi tous ceux de l'année.
Oui, j'avais mis de l'absinthe sur mon tétin,
J'étais assise au soleil sous la muraille du pigeonnier,
Et vous, madame, et monseigneur étiez allés
   à Mantoue.
Ah, j'ai toute ma tête ! Bon, je disais,
Quand elle eut rencontré l'absinthe, sur le bout
De mon tétin, et trouvé que c'était amer, oh, la coquine,
Il fallait la voir en colère, qui rabrouait le téton !
Bien. « Secoue-toi », dit le pigeonnier. Pas nécessaire,
   je vous le jure,
Qu'il me le dise deux fois ! Et depuis lors

Onze ans se sont passés. Elle pouvait, déjà,
Se promener toute seule. Sainte croix !
Elle savait déjà, clopinant, se fourrer partout.
La preuve, c'est que, la veille, elle s'était abîmé le front,
Et mon pauvre mari — Dieu ait son âme,
Il aimait la plaisanterie — la releva.
« Alors, qu'il dit, c'est sur la figure que tu tombes ?
Tu tomberas sur le dos quand tu auras plus d'esprit.
Pas vrai, petite Julie ? » Par Notre-Dame !
La petite friponne s'arrête net de pleurer
Et lui répond : « Ah, oui ! » Et maintenant…
Voyez quel à-propos dans un mot pour rire !
Ah, je vous le promets, je vivrais mille ans
Que je ne l'oublierais jamais. « Pas vrai, petite Julie ? »
Et elle, la friponne, qui s'arrête net et dit « oui » !

LADY CAPULET

Allons, assez là-dessus. Tiens ta langue.

LA NOURRICE

Oui, madame. Et pourtant, je ne peux m'empêcher de
    rire
À l'idée qu'elle a cessé de pleurer et lui a dit « oui ».
Car je vous garantis qu'elle avait au front
Une bosse aussi grosse qu'une couille de jeune coq.
Un coup terrible, elle en sanglotait de tout son corps.
« Alors, qu'il dit, mon mari, c'est sur la figure que tu
    tombes ?
Tu tomberas sur le dos quand le jour en sera venu.
Pas vrai, petite Julie ? » Elle s'arrête net et dit « oui ».

JULIETTE

Arrête-toi aussi, je t'en prie, nourrice.

LA NOURRICE

Bien, j'ai fini. Dieu te garde en sa sainte grâce,
Toi qui fus le plus beau bébé que j'aie jamais eu à
    nourrir.
Oh, si je vis assez pour te voir mariée
Tous mes vœux seront accomplis.

LADY CAPULET

Vierge Marie ! C'est justement de mariage
Que je voulais parler ! Dis-moi, mon enfant, Juliette,
Te sens-tu quelque inclination pour le mariage ?

JULIETTE

C'est un honneur auquel je ne rêve pas.

LA NOURRICE

Un honneur ! Si je n'étais pas ta seule nourrice,
Je dirais que tu as bu la sagesse avec le lait.

LADY CAPULET

Eh bien, il faut y songer. De plus jeunes que toi,
Dames fort estimées ici à Vérone,
Sont des mères déjà ! Et, si je ne me trompe,
Je fus la vôtre à peu près à cet âge
Où vous êtes encore fille... Mais en bref :
Le valeureux Paris vous voudrait pour femme.

LA NOURRICE

Oh, quel homme, ma jeune dame ! Un, ma maîtresse,
Que l'univers entier... Ma parole, il est fait au moule[1] !

1. *He's a man of wax*, dit la nourrice : il a la beauté d'une
figure de cire (mais n'a peut-être pas plus de vie).

LADY CAPULET

Tout l'été de Vérone n'offre pas de fleur comparable.

LA NOURRICE

Oui, c'est vrai, une fleur, une vraie fleur.

LADY CAPULET

Qu'en dites-vous ? Pourriez-vous aimer ce seigneur ?
Ce soir, vous le verrez à notre fête.
Lisez le livre de son visage, et les délices
Que la beauté y trace de sa plume.
Observez de ses traits l'harmonieux mariage,
Avec quel naturel ils se prêtent vie,
Et ce qui est obscur dans ce beau volume
Déchiffrez-le dans les marges, que sont ses yeux.
Ce précieux livre d'amour, cet amant sans reliure
      encore,
N'ont besoin, pour leur perfection, que d'être couverts.
Or, comme le poisson est heureux du fleuve
Sache qu'il est glorieux, pour la beauté visible
D'étreindre une beauté plus cachée... Pour beaucoup
Le volume qui tient dans ses fermoirs d'or
Une histoire dorée, en partage la gloire,
Et vous aussi, vous partagerez ce qu'il a,
Et en le possédant, ne serez pas diminuée.

LA NOURRICE

Diminuée ! Les femmes en augmentent plutôt,
      des hommes !

LADY CAPULET

En bref, feras-tu bon accueil à son amour ?

JULIETTE

Je verrai à l'aimer, si voir incite à l'amour.
Mais sans que mes regards le percent plus fort
Que vous ne permettrez à l'arc qui les lance.

Entre un serviteur.

LE SERVITEUR

Madame, les invités sont là, le souper est servi, on vous
appelle, on demande ma jeune maîtresse, on maudit la
nourrice à l'office, tout va mal. Il faut que j'aille servir.
Suivez-moi vite, je vous en prie.

LADY CAPULET

Nous te suivons... Le comte t'attend, Juliette.

LA NOURRICE

Va, ma fille, quérir d'heureuses nuits pour tes heureux
  jours.

Elles sortent.

SCÈNE IV

Devant la demeure des Capulet.

Entrent ROMÉO, MERCUTIO, BENVOLIO *et cinq ou
six autres masques ; des hommes portent des torches.*

ROMÉO

Dites, va-t-on leur dire ce préambule
Ou pousser de l'avant sans cérémonie ?

BENVOLIO

C'est démodé, tout ce bavardage. Pour notre entrée,
Nous n'arborerons pas de Cupidon, les yeux bandés
  d'une écharpe,
Portant l'arc des Tartares, de bois peint,
Effarouchant les dames comme un chasseur de corbeau,
Ni de prologue su par cœur, débité d'une voix mourante,
Sous la protection du souffleur !
Qu'ils nous mesurent à l'aune qui leur plaira,
Nous danserons quelques mesures, et partirons.

ROMÉO

Passez-moi une torche. La cabriole ne me dit rien,
Et sombre comme je suis, je porterai la lumière.

MERCUTIO

Mais non, tendre Roméo, vous danserez, il le faut.

ROMÉO

Non, croyez-moi. Vous avez des souliers de bal,
Des ailes au talon ; moi, j'ai du plomb dans l'aile,
Je suis rivé au sol, je ne puis bouger.

MERCUTIO

Vous êtes amoureux. Prenez les ailes d'Éros,
Élancez-vous plus haut que nos bonds vulgaires.

ROMÉO

Je ressens trop l'élancement de ses atteintes,
Pour m'élancer sur ses ailes légères,
Et bondé que je suis de malheurs, je ne puis
Bondir plus haut que leur morne tristesse.
Je meurs sous l'accablant fardeau de mon amour.

MERCUTIO

C'est plutôt lui qui porterait votre fardeau
Si vous mouriez en lui — et ce serait
Presser un peu trop fort chose si tendre...

ROMÉO

L'amour, une chose tendre ? C'est bien trop dur,
C'est un dard bien trop pénétrant, brutal, fougueux.

MERCUTIO

S'il est dur avec vous, soyez-le autant avec lui,
Percez l'amour qui vous perce, possédez-le...
Moi, qu'on me donne un étui pour y fourrer mon
    visage,
Un masque pour le masque ! Peu me chaut
Qu'un œil curieux commente mes laideurs.
Voici les gros sourcils qui rougiront pour moi.

                              Il met un masque.

BENVOLIO

Allons, frappons, entrons ; et, sitôt entrés,
Que chacun d'entre nous s'en remette à ses jambes.

ROMÉO

Et pour moi cette torche ! Oh, galants, jolis cœurs,
Taquinez de votre talon le pavement insensible.
Moi, qui suis fagoté comme le vieux proverbe,
Je tiendrai la chandelle et regarderai.
Quand la fête battait son plein, Roméo s'en fut.

MERCUTIO

Bah, qu'il s'en foute, comme dirait le gendarme !
Si tu es fou, nous te tirerons de la fosse

De cet amour pudibond, où tu t'es fourré
Jusqu'au-dessus des oreilles. Allons, nous brûlons
    nos torches
Quand il fait jour.

ROMÉO

Pas que je sache.

MERCUTIO

Je veux dire, monsieur,
Que nous les gaspillons, en nous attardant,
Comme s'il faisait jour. Comprenez l'intention
    subtile
Que nous mettons dans les mots. Car c'est là que
    notre bon sens
Est cinq fois plus aigu que dans nos cinq autres sens.

ROMÉO

Aller à ce bal masqué, c'est une intention subtile,
Mais ce n'est pas du bon sens.

MERCUTIO

Pourquoi, peut-on savoir ?

ROMÉO

J'ai fait un rêve la nuit passée.

MERCUTIO

Et moi aussi.

ROMÉO

Ah, quel était le vôtre ?

MERCUTIO

C'était que ceux qui rêvent
Sont de mauvais coucheurs[1].

ROMÉO

Ce sont de mal couchés ! Encore
Que ce soit dans le lit de la vérité.

MERCUTIO

Vrai ? Alors je vois bien que la reine Mab[2]
Vous a rendu visite, l'accoucheuse
Des songes parmi les fées ! Elle qui vient,
Pas plus volumineuse qu'une agate
À un index d'échevin, derrière un attelage
D'infimes créatures, se poser
Au bout du nez des hommes dans leur sommeil.
Son chariot est la coque d'une noisette
Aménagée par un écureuil-menuisier
Ou l'un de ces vieux vers qui trouent le bois,
L'un et l'autre depuis le fond des âges
Les carrossiers des fées. Les rayons de ses roues
Sont faits de longues pattes de faucheux,
La capote, d'un élytre de sauterelle,
Les guides, des toiles les plus fines de l'araignée,
Les colliers, des iridescences humides du clair de lune,
Le fouet, d'un os de grillon, et sa mèche,

1. Le besoin de traduire le jeu de mots (*that dreamers often lie*) va à l'encontre du sens qui s'y glisse en anglais : les rêveurs mentent.
2. On suppose généralement que cette reine Mab est une invention de Shakespeare. Mab est un *nom* de « souillon », et souillon se dit en anglais *slut* mais aussi *quean* (où l'on peut entendre *queen*, la reine).

C'est un fil de la Vierge. Et le cocher,
Un moucheron de petite taille, au manteau gris,
Qui n'est pas la moitié du petit ver rond
Que l'on extrait du doigt des filles flemmardes.
Voici dans quelle pompe elle va nuit après nuit
Au galop dans la tête des amoureux, et alors ils rêvent
     d'amour,
Sur les genoux des courtisans, qui rêvent aussitôt
     de courbettes,
Sur les doigts des hommes de loi, qui rêvent aussitôt
     d'honoraires,
Sur les lèvres des dames, qui rêvent aussitôt de baisers,
Mais que Mab irritée afflige souvent de cloques,
Car leur haleine empeste les sucreries.
Parfois elle galope sur les narines d'un courtisan
Et il rêve qu'il flaire une bonne place à briguer.
Parfois, avec la queue d'un cochon de dîme,
Elle vous chatouille le nez d'un curé qui dort,
Et en rêve il reçoit de nouveaux bénéfices.
Parfois elle voyage sur le cou d'un homme de guerre,
Il rêve qu'il égorge ses ennemis
Et de brèches et d'embuscades, de lames d'acier
     d'Espagne,
De rasades profondes de cinq brasses ; mais elle
Bat le tambour à ses oreilles, et il sursaute,
Se réveille, et tout apeuré, marmonne une ou deux
     prières
Puis se rendort. C'est toujours cette reine Mab
Qui embrouille la nuit le crin des chevaux
Et noue dans les cheveux des souillons crasseuses
Ces petites touffes démones
Qu'il est funeste de démêler. Ah, la sorcière,
C'est elle, quand les filles sont étendues sur le dos,

Qui vient peser sur elles, et la première
Leur enseigne comment soutenir la charge,
Faisant d'elles des femmes de bon maintien !
C'est elle encore...

ROMÉO

Ah, Mercutio, suffit !
Tu parles d'un néant...

MERCUTIO

Il est vrai, c'est de rêves,
Lesquels sont les enfants de l'esprit oisif,
Engendrés par la seule et vaine fantaisie
Qui est aussi impalpable que l'air
Et bien plus inconstante encore que la brise
Qui vient de caresser le sein glacé du pôle,
Puis, dépitée, le fuit d'une saute, tournant
Son flanc vers le midi ruisselant de rosée !

BENVOLIO

Cette brise dont vous parlez
Nous emporte loin de nous-mêmes. Le souper
Est fini. Nous allons arriver trop tard.

ROMÉO

Bien trop tôt, je le crains. Car mon âme redoute
Qu'un avenir, enclos encore dans les astres,
Commence amèrement ses heures funestes
Dans les joies de ce soir, et marque le terme,
Par le vil châtiment d'une mort précoce,
De la vie méprisée qu'abrite mon cœur !
Soit ! Que celui qui tient la barre de mes jours
Dirige aussi ma voile !... Allons, ô beaux amis !

BENVOLIO

Battez, les tambours.

Ils entrent.

SCÈNE V

Une salle de la demeure de Capulet.

Entrent des SERVITEURS, *avec des serviettes.*

LE PREMIER SERVITEUR

Où est donc Casserole, qu'il ne m'aide pas à desservir ?
Ce n'est pas lui qui emporterait une assiette ! Lui, récu-
rer une assiette ? Allons donc !

LE SECOND SERVITEUR

Quand les bonnes façons ne reposent plus qu'entre les
mains d'un homme ou deux, et quand par-dessus le
marché ce sont des mains sales, eh bien, c'est du
propre !

LE PREMIER SERVITEUR

Enlevez les tabourets, poussez le buffet (mais attention
à l'argenterie !)... Toi, mon ami, mets-moi de côté du
massepain. Et si tu m'aimes, dis au portier de laisser
entrer Suzon la rémouleuse et Nelly... Antoine ! Casserole !

LE TROISIÈME SERVITEUR

Voilà, voilà, j'arrive.

LE PREMIER SERVITEUR

On vous attend dans la salle, on vous y demande, on vous y appelle, on vous y réclame !

LE QUATRIÈME SERVITEUR

Impossible d'être partout à la fois ! Courage, mes enfants. Allons, secouez-vous un peu, c'est le survivant qui décrochera la timbale.

> *Les serviteurs se retirent. Entrent Capulet, Juliette et tous leurs invités ; ils se portent à la rencontre des masques.*

CAPULET

Messieurs ? Soyez les bienvenus ! Celles dont les pieds
Ne sont pas affligés de cors vont vous faire faire
Un petit tour de danse. Ah, mes amies,
Laquelle d'entre vous va se refuser ?
Que l'une fasse la mijaurée et je donnerai ma parole
Qu'elle a des cors ! Je vous tiens, n'est-ce pas ?
Les bienvenus, messieurs ! Il fut un temps
Où moi aussi j'ai porté le masque, et où j'ai pu dire
Quelque chose de chuchoté à l'oreille des belles dames,
Quelque histoire à leur goût. C'est fini, fini, bien fini.
Les bienvenus, messieurs ! Allons, jouez, musiciens,
Et de la place, de la place ! Jouez du talon, jeunes
  filles.

> *Les musiciens jouent et l'on danse.*

Encore des lumières, marauds ! Retournez les tables
Et éteignez le feu, il commence à faire trop chaud.

Eh, mon vieux, ce divertissement qu'on n'attendait pas
Arrive bien à propos. Asseyez-vous donc, prenez place,
Mon bon cousin Capulet. Vous comme moi,
Nous avons laissé loin nos années dansantes.
Combien de temps, d'après vous, depuis la dernière
    fois
Que vous et moi fûmes sous un masque ?

LE DEUXIÈME CAPULET

Par Notre-Dame ! Trente ans.

CAPULET

Oh, mon ami, pas tant, pas tant que cela.
Cela remonte au mariage de Lucentio.
La Pentecôte a beau revenir aussi vite que ça lui
    chante,
Cela ne fait que vingt-cinq ans, notre dernier masque.

LE DEUXIÈME CAPULET

Plus, mon cher, beaucoup plus.
Son fils a plus que cela,
Son fils a déjà trente ans.

CAPULET

Que me contez-vous là ?
Son fils était mineur il y a deux ans.

ROMÉO, à un serviteur.

Quelle est cette dame, là-bas,
Qui enrichit la main de ce cavalier ?

LE SERVITEUR

Je ne sais pas, monsieur.

ROMÉO

Oh, elle enseigne aux torches à briller clair !
On dirait qu'elle pend à la joue de la nuit
Comme un riche joyau à une oreille éthiopienne.
Beauté trop riche pour l'usage, et trop précieuse
Pour cette terre ! Telle une colombe de neige
Dans un vol de corneilles, telle là-bas
Est parmi ses amies cette jeune dame.
Dès la danse finie, je verrai où elle se tient
Et ma main rude sera bénie d'avoir touché
      à la sienne.
Mon cœur a-t-il aimé, avant aujourd'hui ?
Jurez que non, mes yeux, puisque avant ce soir
Vous n'aviez jamais vu la vraie beauté.

TYBALT

Celui-ci, si j'en juge d'après sa voix,
Doit être un Montaigu. Ma rapière, petit !
Comment ce misérable peut-il oser
Venir ici, sous un masque grotesque,
Dénigrer notre fête et se moquer d'elle ?
Vrai, par le sang et l'honneur de ma race,
Si je l'égorge sur place, je n'y verrai pas un péché !

CAPULET

Eh, qu'y a-t-il, mon neveu ?
Pourquoi tempêtez-vous comme cela ?

TYBALT

Un Montaigu est ici, mon oncle ! Un de nos ennemis.
Un traître qui se glisse ici par bravade
Pour dénigrer notre réception de ce soir.

CAPULET

C'est le jeune Roméo, n'est-ce pas ?

TYBALT

Lui-même, le misérable Roméo.

CAPULET

Calme-toi, cher neveu, laisse-le en paix.
Il se conduit en parfait gentilhomme,
Et c'est la vérité que Vérone est fière de lui
Comme d'un jeune seigneur vertueux et bien éduqué.
Je ne voudrais, pour tout l'or de la ville,
Qu'il lui soit fait outrage dans ma maison :
Donc, retiens-toi, ne fais pas attention à lui.
Telle est ma volonté. Et si tu la respectes
Tu vas paraître aimable et chasser ces plis de ton front
Qui ne conviennent pas à un soir de fête.

TYBALT

Que si, puisqu'un pareil coquin
Est là, parmi nos hôtes ! Je ne le supporterai pas.

CAPULET

Vous le supporterez ! Quoi, mon petit monsieur,
N'ai-je pas dit qu'il en sera ainsi ? Ah, diable,
Qui est le maître ici, vous ou moi ? Allons donc,
Vous ne supporteriez... Dieu accueille mon âme !
Vas-tu porter l'émeute parmi mes hôtes ?
Tout chambarder ? Jouer au fier-à-bras ?

TYBALT

Mais, mon oncle, c'est une honte.

CAPULET

Allons, allons,
Tu es un insolent, ne le vois-tu pas ?
De ces manières-là il pourrait t'en cuire, je te le dis.
Tu veux me contrarier, bien sûr. Ah, Dieu, c'est
    le moment !

Aux danseurs.

Bravo, mes jolis cœurs !... Va, tu n'es qu'un blanc-bec.
Tiens-toi tranquille, sinon... Plus de lumière, que diable,
Plus de lumière !... Sinon, oui, je saurai bien t'y
    contraindre.
Allons, amusez-vous, mes jolis cœurs !

TYBALT

Cette patience obligée se heurte à mon ardente colère
Et mes membres frémissent de ce combat.
Je vais me retirer ; mais cette intrusion
Qui maintenant leur semble inoffensive
Tournera vite au fiel le plus amer.

Il sort.

ROMÉO, *à Juliette.*

Si j'ai pu profaner, de ma main indigne,
Cette châsse bénie, voici ma douce pénitence :
Mes lèvres sont toutes prêtes, deux rougissants
    pèlerins,
À guérir d'un baiser votre souffrance.

JULIETTE

Bon pèlerin, vous êtes trop cruel pour votre main
Qui n'a fait que montrer sa piété courtoise.

Les mains des pèlerins touchent celles des saintes,
Et leur baiser dévot, c'est paume contre paume[1].

ROMÉO

Saintes et pèlerins ont aussi des lèvres ?

JULIETTE

Oui, pèlerin, qu'il faut qu'ils gardent pour prier.

ROMÉO

Oh, fassent, chère sainte, les lèvres comme les mains !
Elles qui prient, exauce-les, de crainte
Que leur foi ne devienne du désespoir.

JULIETTE

Les saints ne bougent pas, même s'ils exaucent
les vœux.

ROMÉO

Alors ne bouge pas, tandis que je recueille
Le fruit de mes prières. Et que mon péché
S'efface de mes lèvres grâce aux tiennes.

Il l'embrasse.

---

1. Les pèlerins qui avaient visité le Saint-Sépulcre, à Jérusalem, portaient à l'origine une palme pour l'indiquer. Or, Roméo, en italien, a signifié, à partir de l'idée de Rome, le pèlerin, et plus précisément cette sorte de porteur de palme. D'où le jeu de mots sur *palm*, qui est à la fois la paume de la main et la palme.
Il faut remarquer, ceci dit, que Roméo a commencé à parler à Juliette dans ce qui, de par sa réponse et toute la suite de leur échange, devient un sonnet. La métaphore du pèlerin d'amour est la dominante de ce poème, ce qui lui assure son être propre, lequel isole les deux jeunes gens de la société qui les environne.

JULIETTE

Il s'ensuit que ce sont mes lèvres
Qui portent le péché qu'elles vous ont pris.

ROMÉO

Le péché, de mes lèvres ? Ô charmante façon
De pousser à la faute ! Rends-le-moi !

Il l'embrasse à nouveau.

JULIETTE

Il y a de la religion dans vos baisers.

LA NOURRICE

Madame, votre mère voudrait beaucoup vous parler.

ROMÉO

Qui est sa mère ?

LA NOURRICE

Par Notre-Dame, jeune homme,
Sa mère est la maîtresse de la maison
Et c'est une digne dame, aussi sage que vertueuse ;
Quant à moi j'ai nourri sa fille, à qui vous parliez,
Et laissez-moi vous dire que celui qui l'attrapera
Aura aussi les gros sous.

ROMÉO

Elle, une Capulet ?
Ô coûteuse créance !
Ma vie est au pouvoir de mon ennemi.

BENVOLIO

Partons. Nous avons eu le meilleur.

ROMÉO

Oui, je le crains ; le surplus sera ma souffrance.

CAPULET

Oh, non, messieurs, ne songez pas à partir !
Nous allons faire une ombre de souper,
Un rien… Vous êtes résolus ? Alors, merci,
Merci à tous, dignes seigneurs, et bonne nuit.
Des torches par ici, d'autres torches. Vite !

> *On apporte des torches.*

Et toi, mon vieux, au lit. Par Dieu, il se fait tard.
Je vais me reposer.

> *Tous sortent, sauf Juliette et la nourrice.*

JULIETTE

Nourrice, viens. Quel est ce gentilhomme, là-bas ?

LA NOURRICE

Le fils du vieux Tiberio — et son héritier.

JULIETTE

Et celui-là qui sort maintenant ?

LA NOURRICE

Dieu, ça doit être le jeune Petruchio.

JULIETTE

Et celui qui s'en va derrière, celui qui ne dansait pas ?

LA NOURRICE

Je n'en sais rien.

JULIETTE

Va demander son nom…

La nourrice s'éloigne.

S'il est marié
Le tombeau va être mon lit de noces.

LA NOURRICE

Son nom est Roméo, c'est un Montaigu,
C'est le seul fils de votre grand ennemi.

JULIETTE, *bas.*

Ô mon unique amour, né de ma seule haine !
Inconnu vu trop tôt, reconnu trop tard !
Dois-je naître à l'amour par si grand prodige
Qu'il faille que je m'offre à mon ennemi ?

LA NOURRICE

Qu'est-ce que cela, qu'est-ce donc ?

JULIETTE

Une poésie, que je viens d'apprendre
D'un de mes cavaliers.

On appelle, de la maison : « Juliette ! »

LA NOURRICE

On y va, on y va… Tirons-nous d'ici.
Tous ces gens du dehors, les voici partis.

ACTE II

PROLOGUE

Entre le CHŒUR.

L'ancien désir gît sur son lit de mort
Et la jeune passion brûle d'en hériter.
La belle pour laquelle un cœur voulait mourir
N'est plus rien, comparée à la douce Juliette.

Car Roméo aime à nouveau, il est aimé,
Ces deux regards se sont ensorcelés l'un l'autre,
Mais lui croit ennemie la dame qu'il implore,
Elle à un âpre fer vole l'appât d'amour.

Tenu pour ennemi, il ne peut la rejoindre
Pour murmurer ces vœux que forment les amants.
Elle, non moins éprise, elle sait moins encore
Où rechercher l'objet de sa très neuve ardeur.

Mais l'amour les soutient, le temps est leur complice,
Ils modèrent leurs maux d'immodérées délices.

Il sort.

SCÈNE I

Le verger des Capulet.

ROMÉO, *seul.*

ROMÉO

Pourrai-je m'éloigner quand mon cœur reste ici ?
Ô morne terre obtuse que je suis,
Reviens donc en arrière et retrouve ton centre.

> *Il escalade le mur. Entrent Benvolio et Mercutio.*

BENVOLIO

Roméo, cousin Roméo !

MERCUTIO

Ma foi, il a eu la sagesse
De s'esquiver et d'aller au lit.

BENVOLIO

Il a couru par ici et sauté ce mur de verger.
Appelle-le, mon cher Mercutio.

MERCUTIO

Mieux que cela ! Je vais le conjurer.
Roméo ! Caprice ! Folie ! Homme de passion
   et d'amour !
Apparais-moi sous l'aspect d'un soupir,

Dis un poème, rien qu'un, et je serai satisfait.
Ne crie qu'« Hélas ! », ne fais rimer qu'amour
   et toujours,
Ne dis qu'une parole aimable à ma commère Vénus,
Ne trouve qu'un surnom pour son aveugle de fils,
Cupidon, le petit rôdeur[1] qui visa si bien
Quand le roi Cophétue aima la jeune mendiante...
Il n'entend pas, il ne bouge pas, il ne remue pas.
Le singe fait le mort, il faut que je le conjure !
Je te conjure par les yeux brillants de Rosaline,
Par son front vaste et sa lèvre écarlate,
Par son pied tout menu et sa jambe svelte,
Et par sa cuisse frémissante et les domaines qui lui
   sont proches,
Oui, de nous apparaître tel que la nature t'a fait.

BENVOLIO

S'il t'entend, tu vas l'irriter.

MERCUTIO

Et pourquoi donc ? Ce qui l'irriterait,
C'est, dans le cercle magique de sa maîtresse,
Que je suscite un certain démon d'étrange nature,
Pour l'y laisser planté, jusqu'au moment
Où elle le rabattrait de par ses charmes.
Cela le vexerait, peut-être. Mais mon vœu
Est honnête, loyal ! Au nom de sa maîtresse,
Je le prie seulement de se dresser un peu.

1. Il ne faut pas s'inquiéter dans le texte anglais du bizarre *Abraham Cupid*. On appelait *abraham man* un mendiant qui battait la campagne demi-nu, ramassant ou volant ce qui lui tombait sous la main. — Le « roi Cophétue », c'est une allusion à une vieille ballade citée plusieurs fois par Shakespeare.

BENVOLIO

Viens ! Il a dû se cacher sous ces arbres
Pour ne plus faire qu'un avec la triste nuit.
Son amour est aveugle, il lui faut les ténèbres.

MERCUTIO

Si l'amour est aveugle, il manquera sa cible...
Tiens, il doit être assis sous un néflier
À vouloir que sa dame soit cette sorte de fruit
Que les filles appellent nèfles quand elles rient à part
     elles.
Ô Roméo ! Que n'est-elle, ta dame, que n'est-elle
Une nèfle bien mûre et toi la queue d'une poire !
Bonne nuit. Je retourne à ma couche de belle toile,
Car cette autre à la belle étoile, brr, Roméo, qu'elle
     est froide !
Je n'y pourrais dormir... Alors ? Partons-nous ?

BENVOLIO

Partons, car c'est en vain qu'on le chercherait,
Celui qui ne veut pas qu'on le retrouve.

Ils sortent.

SCÈNE II

Le jardin des Capulet.

Entre ROMÉO.

ROMÉO

Il se moque bien des balafres
Celui qui n'a jamais reçu de blessures.

Juliette paraît à une fenêtre.

Mais, doucement ! Quelle lumière brille à cette fenêtre ?
C'est là l'Orient, et Juliette en est le soleil.
Lève-toi, clair soleil, et tue la lune jalouse
Qui est déjà malade et pâle, du chagrin
De te voir tellement plus belle, toi sa servante.
Eh bien, ne lui obéis plus, puisqu'elle est jalouse,
Sa robe de vestale a des tons verts et morbides
Et les folles seules la portent : jette-la…
Voici ma dame. Oh, elle est mon amour !
Si seulement elle pouvait l'apprendre !
Elle parle… Mais que dit-elle ? Peu importe,
Ses yeux sont éloquents, je veux leur répondre…
Non, je suis trop hardi. Ce n'est pas à moi qu'elle
    parle.
Deux des plus belles étoiles de tout le ciel,
Ayant affaire ailleurs, sollicitent ses yeux
De bien vouloir resplendir sur leurs orbes
Jusqu'au moment du retour. Et si ses yeux
Allaient là-haut, si ces astres venaient en elle ?
Le brillant de ses joues les humilierait
Comme le jour une lampe. Tandis que ses yeux,
    au ciel,
Resplendiraient si clairs à travers l'espace éthéré
Que les oiseaux chanteraient, croyant qu'il ne fait plus
    nuit…
Comme elle appuie sa joue sur sa main ! Que ne suis-je
Le gant de cette main, pour pouvoir toucher cette joue !

JULIETTE

Hélas !

ROMÉO, *bas.*

Elle parle.
Oh, parle encore, ange lumineux, car tu es
Aussi resplendissante, au-dessus de moi dans la nuit,
Que l'aile d'un messager du Paradis
Quand il paraît aux yeux blancs de surprise
Des mortels, qui renversent la tête pour mieux
    le voir
Enfourcher les nuages aux paresseuses dérives
Et voguer, sur les eaux calmes du ciel.

JULIETTE

Ô Roméo, Roméo ! Pourquoi es-tu Roméo !
Renie ton père et refuse ton nom,
Ou, si tu ne veux pas, fais-moi simplement vœu
    d'amour
Et je cesserai d'être une Capulet.

ROMÉO, *bas.*

Écouterai-je encore, ou vais-je parler ?

JULIETTE

C'est ce nom seul qui est mon ennemi.
Tu es toi, tu n'es pas un Montaigu.
Oh, sois quelque autre nom. Qu'est-ce que Montaigu ?
Ni la main, ni le pied, ni le bras, ni la face,
Ni rien d'autre en ton corps et ton être d'homme.
Qu'y a-t-il dans un nom ? Ce que l'on appelle une
    rose

Avec tout autre nom serait aussi suave,
Et Roméo, dit autrement que Roméo,
Conserverait cette perfection qui m'est chère
Malgré la perte de ces syllabes. Roméo,
Défais-toi de ton nom, qui n'est rien de ton être,
Et en échange, oh, prends-moi tout entière !

ROMÉO

Je veux te prendre au mot.
Nomme-moi seulement « amour », et que ce soit
Comme un autre baptême ! Jamais plus
Je ne serai Roméo.

JULIETTE

Qui es-tu qui, dans l'ombre de la nuit,
Trébuche ainsi sur mes pensées secrètes ?

ROMÉO

Par aucun nom
Je ne saurai te dire qui je suis,
Puisque je hais le mien, ô chère sainte,
D'être ton ennemi. Je le déchirerais
Si je l'avais par écrit.

JULIETTE

Mes oreilles n'ont pas goûté de ta bouche
Cent mots encore, et pourtant j'en connais le son.
N'es-tu pas Roméo, et un Montaigu ?

ROMÉO

Ni l'un ni l'autre, ô belle jeune fille,
Si l'un et l'autre te déplaisent.

JULIETTE

Comment es-tu venu, dis, et pourquoi ?
Les murs de ce verger sont hauts, durs à franchir,
Et ce lieu, ce serait ta mort, étant qui tu es,
Si quelqu'un de mes proches te découvrait.

ROMÉO

Sur les ailes légères de l'amour,
J'ai volé par-dessus ces murs. Car des clôtures de pierre
Ne sauraient l'arrêter. Ce qui lui est possible,
L'amour l'ose et le fait. Et c'est pourquoi
Ce n'est pas ta famille qui me fait peur.

JULIETTE

Ils te tueront, s'ils te voient.

ROMÉO

Hélas, plus de périls sont dans tes yeux
Que dans vingt de leurs glaives. Souris-moi,
Et je suis à l'épreuve de leur colère.

JULIETTE

Je ne voudrais pour rien au monde qu'ils te trouvent.

ROMÉO

J'ai le manteau de la nuit pour me dérober à leurs
    yeux.
Mais qu'ils me trouvent, si tu ne m'aimes !
Sous les coups de leur haine plutôt mourir
Que d'attendre une lente mort sans ton amour.

JULIETTE

Qui t'a guidé jusqu'ici ?

ROMÉO

L'amour, qui m'a d'abord fait m'enquérir.
Il me donna conseil, je lui prêtai mes yeux.
Je n'ai rien du pilote. Et pourtant, vivrais-tu
Aux rives les plus nues des plus lointaines des mers,
Pour un bien tel que toi je me risquerais.

JULIETTE

Sur mon visage
Je porte, tu le vois, le masque des ténèbres,
Sinon l'idée que tu m'as entendue, ce soir,
Empourprerait mes joues de jeune fille.
Que je voudrais être convenable, que je voudrais,
Ce que j'ai dit, le détruire ! Mais adieu, mes bonnes
    manières,
M'aimes-tu ? Je sais bien que tu diras oui,
Et je te croirai sur parole. Mais si tu jures,
Tu peux te parjurer. Des parjures d'amants
On dit que Jupiter se moque... Ô Roméo,
Si tu m'aimes, proclame-le d'un cœur bien sincère,
Et si tu m'as trouvée trop aisément séduite,
Je me ferai dure et coquette, je dirai non,
Mais pour que tu me courtises, car autrement
J'en serais incapable... Beau Montaigu,
Je suis bien trop éprise, et c'est pourquoi
Tu peux trouver ma conduite légère,
Mais, crois-moi, âme noble, je serai
Plus fidèle que d'autres qui, plus rusées,
Savent paraître froides. Je l'aurais tenté, je l'avoue,
Si tu n'avais surpris, à mon insu,
Mon aveu passionné d'amour. Aussi, pardonne-moi,
Sans attribuer à une âme frivole
Cet abandon qu'a découvert la nuit trop sombre.

ROMÉO

Ma dame, je m'engage par cette lune sacrée
Qui ourle d'argent clair ces feuillages chargés de fruits…

JULIETTE

Oh, ne jure pas par la lune, l'astre inconstant
Qui varie tout le mois sur son orbite,
J'aurais trop peur
Que ton amour ne soit tout aussi changeant.

ROMÉO

Par quoi vais-je jurer ?

JULIETTE

Ne jure pas du tout !
Ou, si tu veux, par ton être charmant
Qui est le dieu de mon idolâtrie.
Alors, je te croirai.

ROMÉO

Si le tendre amour de mon cœur…

JULIETTE

Non, non, ne jure pas. Bien que tu sois ma joie,
Ce serment cette nuit ne m'en donne aucune.
C'est trop impétueux, irréfléchi, soudain,
Trop semblable à l'éclair, qui a cessé d'être
Avant qu'on puisse dire : « Il brille. » Ma chère âme,
Bonne nuit. Ce bourgeon de l'amour, s'il mûrit
Dans la brise d'été, sera peut-être
Une splendide fleur à notre prochaine rencontre.
Bonne nuit, bonne nuit ! Le même doux repos
Qui règne en moi descende dans ton cœur.

ROMÉO

Oh, vas-tu me laisser si insatisfait ?

JULIETTE

Quelle satisfaction peux-tu avoir cette nuit ?

ROMÉO

L'échange de nos vœux de fidèle amour.

JULIETTE

Je t'ai offert le mien dès avant ta requête.
Mais je voudrais avoir à le donner encore.

ROMÉO

Voudrais-tu le reprendre ? À quelle fin, mon amour ?

JULIETTE

Pour être généreuse et te le donner à nouveau,
Et pourtant je ne tiens qu'à cette richesse.
Mon désir de donner est vaste autant que la mer
Et aussi profond mon amour. Mais plus je donne
Et plus je garde pour moi, car l'un comme l'autre
Sont infinis… J'entends du bruit. Adieu,
Mon cher amour… Je viens, bonne nourrice ! Doux
    Montaigu,
Sois fidèle. Attends-moi un instant, je reviens.

Elle rentre.

ROMÉO

Ô nuit bénie, bénie ! J'ai peur, puisqu'il fait nuit,
Que tout ceci, ce ne soit qu'un rêve
Trop flatteur, délicieusement, pour être vrai.

Juliette revient au balcon.

JULIETTE

Deux mots, cher Roméo, et bonne nuit, cette fois.
Si ton élan d'amour est conforme à l'honneur
Et ton dessein le mariage, écris-moi demain
Par le biais de quelqu'un que je t'enverrai,
Où et quand tu entends qu'on célèbre le rite.
Et alors je mettrai à tes pieds mon destin
Et te suivrai, mon seigneur et maître, d'un bout
   à l'autre du monde.

LA NOURRICE

Madame !

JULIETTE

Me voici, me voici !... Mais si tu projetais
Des choses déloyales, oh, je te prie...

LA NOURRICE

Madame !

JULIETTE

Tout de suite ! Je viens !... De cesser tes instances
Et de me laisser seule avec mon chagrin...
Demain je t'envoie quelqu'un.

ROMÉO

Par le salut de mon âme...

JULIETTE

Mille fois bonne nuit.

                                           Elle rentre.

ROMÉO

Mille fois plus obscure nuit, puisqu'elle perd ta lumière,
L'amour bondit vers l'amour comme l'écolier loin
    des livres,
Mais l'amour et l'amour se quittent
Avec le triste regard de l'enfant qui va à l'école.

> *Juliette revient à la fenêtre.*

JULIETTE

Stt, Roméo, stt ! Oh, que n'ai-je la voix du fauconnier
Pour rappeler à nouveau ce beau faucon pèlerin !
Les captives sont enrouées et ne peuvent pas parler
    fort,
Sinon j'ébranlerais la grotte où Écho sommeille
Et sa voix faite d'air, je la rendrais
Plus enrouée encore que la mienne,
Par la répétition de mes « Roméo » !

ROMÉO

Mon nom ! Et c'est mon âme qui m'appelle !
Quel doux son argentin, comme la plus tendre musique,
A dans la nuit la voix de ma bien-aimée !

JULIETTE

Roméo !

ROMÉO

Mon faucon[1], en son nid encore ?

---

1. *My nyas*, dit le texte, corrigé par Dover Wilson. Il s'agit
d'un tout jeune faucon, encore au nid comme en somme l'est
elle-même Juliette. Roméo vient d'être appelé « faucon pèlerin » par celle-ci.

JULIETTE

À quelle heure, demain,
T'enverrai-je le messager ?

ROMÉO

À neuf heures.

JULIETTE

Je n'y manquerai pas.
Cela va me durer vingt ans, jusqu'à demain.
J'ai oublié pourquoi je t'ai rappelé.

ROMÉO

Permets-moi de rester auprès de toi,
Tant que tu n'as pas retrouvé.

JULIETTE

J'oublierai donc afin que tu restes toujours,
Me souvenant que j'aime tant te voir.

ROMÉO

Et moi, je resterai pour que toujours tu oublies.
J'oublierai que j'avais une autre maison.

JULIETTE

C'est presque le matin. Je voudrais te savoir parti,
Mais pas plus loin que le petit oiseau
Qu'a laissé sautiller sa capricieuse maîtresse,
Comme un pauvre captif tout empêtré de ses liens,
Et qu'elle fait revenir en tirant sur un fil de soie,
Jalouse de sa liberté, mais par amour.

ROMÉO

Que je voudrais être ton oiseau !

JULIETTE

Moi aussi je le veux, mon bien-aimé.
Mais je te tuerais par trop de caresses.
Bonne nuit ! Bonne nuit ! Le chagrin de se séparer
Est si doux que je te dirais jusqu'à demain bonne nuit.

ROMÉO

Que le sommeil descende dans tes yeux
Et la paix dans ton sein ! Et que ne suis-je
Le sommeil et la paix, pour jouir d'un si doux repos[1] !

Elle rentre.

Je vais tout droit me rendre à la cellule
De mon saint confesseur, pour lui demander aide
Et lui dire tout mon bonheur.

Il sort.

SCÈNE III

La cellule de frère Laurent.

Entre FRÈRE LAURENT, *seul, portant un panier.*

FRÈRE LAURENT

L'aube aux yeux gris sourit à la nuit boudeuse,
Elle strie de raies de lumière les nuages de l'Orient,
Et les ténèbres diaprées, chancelantes comme un ivrogne,

1. L'édition Arden, que je n'ai pas suivie sur ce point, place
là les quatre premiers vers de la scène suivante.

Fuient le chemin du jour devant les roues du soleil.
Mais avant que Titan n'ait fait apparaître
Son œil de feu pour saluer le jour
Et sécher de la nuit la rosée malsaine,
Je dois remplir notre panier d'osier
D'herbes nocives et de fleurs au suc précieux.
La terre, qui est la mère de la nature, en est aussi
    le tombeau,
C'est une fosse sépulcrale que son sein,
D'où naissent ces enfants si dissemblables
Que nous voyons sucer la mamelle des pierres.
Beaucoup sont excellents par bien des vertus,
Il n'en est pas qui n'aient quelque mérite,
Et pourtant ils diffèrent tous. Oh, de quelle efficace
Est la grâce profonde, qui réside
Dans les herbes, les plantes, les minéraux,
Quand leurs qualités sont connues ! Car il n'est rien
De si vil sur la terre qu'il ne procure
À la terre un bienfait spécial — comme il n'est rien
De bon qui, détourné de son vrai usage,
Ne devienne rebelle à son origine
Et ne trébuche, et ne se désordonne. La vertu même,
Mal employée, devient vice, et le vice
S'ennoblit quelquefois d'une bonne action.

Approche Roméo, que frère Laurent ne voit pas.

Dans la corolle naissante de cette fragile fleur
Le poison trouve son gîte et le médecin ses pouvoirs,
Car, si on la respire, elle donnera le bien-être
À tout le corps, tandis que, consommée,
Elle éteint tous nos sens par la voie du cœur.
Ainsi deux rois ennemis campent face à face

Dans l'homme autant que la plante. L'un, c'est la grâce,
L'autre, l'instinct rebelle. Et quand prévaut le mal,
Le chancre de la mort
A vite dévoré la plante que nous sommes.

ROMÉO

Bonjour, mon père.

FRÈRE LAURENT

Benedicite !
Quelle voix matinale si gracieusement me salue ?
Mon jeune fils, c'est un signe d'esprit troublé
Que d'avoir dit si tôt adieu à sa chambre.
Le souci veille dans les yeux des hommes d'âge
Et là où il se loge le sommeil ne va pas venir,
Mais lorsque la jeunesse au corps intact,
Au cerveau sans ténèbre, étend ses membres,
Rien ne règne et ne doit régner que la beauté
    du sommeil.
Aussi vais-je conclure de ta venue matinale
Que tu es travaillé par quelque tracas,
À moins — et cette fois j'aurai touché juste —
Que notre Roméo n'ait découché cette nuit...

ROMÉO

C'est cela qui est vrai. Mais mon repos
N'en a été que plus doux.

FRÈRE LAURENT

Dieu pardonne au pécheur ! Étais-tu avec Rosaline ?

ROMÉO

Avec Rosaline ? Oh, mon père spirituel, certes pas.
J'ai oublié ce nom et les maux que ce nom apporte.

FRÈRE LAURENT

Voilà bien mon bon fils ! Mais, dans ce cas,
Où pouvais-tu bien être ?

ROMÉO

Je préviendrai tes autres questions.
J'étais à festoyer chez mon ennemi
Quand tout soudain un être m'a blessé
Qui fut blessé par moi. Pour nous deux, le salut
Dépend de ton secours et de tes saints remèdes.
Homme de Dieu ! Tu vois, je n'ai pas de haine,
Puisque je te requiers pour mon ennemi.

FRÈRE LAURENT

Sois clair, mon cher enfant, parle sans détour.
Les confessions équivoques
Suscitent d'équivoques absolutions.

ROMÉO

Alors, sache tout clairement que le grand amour
    de mon cœur
S'est porté sur l'exquise fille du riche Capulet.
Comme le mien est en elle, ainsi le sien est en moi.
Et tout en est scellé, sauf ce qu'il convient que tu scelles
Par le sacrement du mariage ; où et quand et comment
Nous nous sommes connus, aimés, engagés,
Je vais te l'expliquer en route ; mais je t'en prie,
Consens à nous marier aujourd'hui même.

FRÈRE LAURENT

Grand saint Laurent, l'étonnante métamorphose !
Rosaline, que tu aimais si fort,

Si vite délaissée ? L'amour des jeunes gens
N'est-il donc pas au cœur, mais dans les yeux ?
Jésus, Marie ! Quelle saumure de larmes
A délavé tes joues jaunâtres pour Rosaline !
Que d'eau salée fut gaspillée en pure perte
Pour la conserve d'un amour qui en perdait jusqu'au
    goût !
Le soleil n'a pas même épongé le ciel
De tes soupirs ! À mes vieilles oreilles
Retentissent toujours tes vieux gémissements !
Vois, ici, sur ta joue, il y a encore la marque
De quelque ancienne larme pas vraiment encore
    essuyée.
Si alors tu étais toi-même, si ces maux furent bien
    les tiens,
Tu fus tout avec eux à Rosaline.
As-tu changé ? Eh bien, consens-moi ce précepte :
La femme peut bien chuter
Puisque le bras de l'homme a si peu de force.

ROMÉO

Tu m'as souvent blâmé d'aimer Rosaline.

FRÈRE LAURENT

D'idolâtrer, mon fils, et non d'aimer.

ROMÉO

Et tu m'as ordonné d'ensevelir cet amour.

FRÈRE LAURENT

Pas au tombeau
Où l'on couche un amour pour en prendre un autre !

ROMÉO

Je te prie, ne me gronde pas. Celle que j'aime
Me rend grâce pour grâce et amour pour amour.
L'autre n'en faisait rien.

FRÈRE LAURENT

Oh, elle savait bien
Que ton amour récitait son couplet
Sans avoir appris à le lire…
Mais viens, jeune inconstant ; allons, viens avec moi,
J'ai mes raisons pour t'apporter mon aide
Et c'est que votre union pourrait bien avoir
Un effet bénéfique : cet amour
Déferait les rancœurs de vos deux maisons.

ROMÉO

Oh, partons. J'ai besoin que l'on fasse vite.

FRÈRE LAURENT

Tout doux, et prudemment.
Qui court trop vite trébuche.

Ils sortent.

SCÈNE IV

Une place publique.

Entrent BENVOLIO *et* MERCUTIO.

MERCUTIO

Où diable peut-il être, ce Roméo ?
Il n'est pas rentré, cette nuit ?

BENVOLIO

Pas chez son père. J'ai parlé à son domestique.

MERCUTIO

Ah, cette fille au cœur de pierre, cette Rosaline
   blafarde
Le tourmente à tel point qu'il va tomber fou.

BENVOLIO

Tybalt, le parent du vieux Capulet,
Lui a écrit chez son père.

MERCUTIO

C'est un cartel, sur ma vie !

BENVOLIO

Roméo saura lui répondre.

MERCUTIO

Certainement, puisqu'il sait écrire.

BENVOLIO

Non, non, c'est à l'auteur de la lettre qu'il saura répondre :
et que je te nargue ceux qui me narguent.

MERCUTIO

Hélas, pauvre Roméo, il est déjà mort — poignardé
par l'œil noir d'une demoiselle au teint gris, l'oreille per-
forée par une chanson d'amour, la cible de son cœur

fendue par la flèche non barbelée du petit archer aveugle...
Lui, homme à affronter Tybalt ?

BENVOLIO

Qu'est-il donc, ce Tybalt ?

MERCUTIO

Plus que le Roi des chats[1], je vous garantis. Le maître des
cérémonies du point d'honneur. Il se bat comme on
chante de la musique notée, en observant la mesure, les
intervalles, les rythmes. Il s'arrête pour le plus infime des
quart-de-pause, une, deux ! et à trois vous l'avez dans
votre giron. Le boucher des boutons de soie, le duelliste
des duellistes, un gentilhomme de la cuvée des cuvées
pour tous les prétextes à se battre, qu'ils soient majeurs
ou mineurs ! Ah, l'immortel passado ! Et le punto reverso,
le haï !

BENVOLIO

Le quoi ?

MERCUTIO

La peste soit de ces burlesques et incroyables, et de leurs
zézaiements et de leurs airs affectés et de leur prétention à
nous enseigner le bon ton ! « Par Jésus, la bonne lame !
Quel homme de grande classe ! Quelle putain de grand
style ! » Allons donc, n'est-ce pas lamentable, mon vieux,
que nous soyons affligés de ces mouches venues d'ailleurs, de ces colporteurs de la mode, de ces « oh, pardon ! » qui sont si à cheval sur le dada du moment qu'ils

---

1. Allusion au *Roman de Renart* (*Reynard the Fox*, où le
prince des chats s'appelle Tybert).

ne peuvent plus s'asseoir à leur aise sur la traditionnelle banquette ? Oh, leurs os, leurs pauvres os !

Entre Roméo.

BENVOLIO

Voici Roméo ! Voici Roméo !

MERCUTIO

Rien que les os, un vrai hareng saur ! Ô chair, ô chair, comme te voici poissonnifiée ! Il en est maintenant à ces rythmes dont Pétrarque débordait. Laure auprès de sa dame n'était qu'une fille de cuisine (mais, par la Vierge ! elle avait un meilleur amant pour la mettre en vers), Didon, une dondon, Cléopâtre, une saltimbanque, Hélène et Héro des drôlesses et des putains, et Thisbé, un œil gris ou quelque chose comme cela, mais loin du compte. Signor Roméo, bonjour ! C'est un salut français pour vos hauts-de-chausses à la française. Vous nous avez bien roulés la nuit dernière.

ROMÉO

Bonjour, tous les deux. Comment vous ai-je roulés ?

MERCUTIO

En sautant, monsieur, en sautant. Ne voyez-vous pas ?

ROMÉO

Pardon, mon bon Mercutio. J'avais une affaire très importante. Et dans un cas comme était le mien, on peut faire violence à la politesse.

MERCUTIO

Dis plutôt à la peau des fesses... dans un cas comme était le tien.

ROMÉO

Pour faire la révérence ?

MERCUTIO

Tu sais tout prendre fort galamment.

ROMÉO

Tu sais tout découvrir tout aussi délicatement.

MERCUTIO

Comment donc ! Je suis la rose des délicats.

ROMÉO

Tu veux dire la fleur ?

MERCUTIO

Tout juste.

ROMÉO

Alors, mon escarpin, je vais te fleurir.

Il lui donne un coup de pied

MERCUTIO

Bien visé. Mais continue la plaisanterie jusqu'à ce que ton escarpin soit usé, veux-tu ? Quand ta vieille peau d'escarpin aura rendu ses esprits, le tien va montrer la corde.

ROMÉO

C'est toi qui manques de pot, avec tes grosses ficelles. Tu l'accordes ?

MERCUTIO

Oh, viens nous séparer, mon bon Benvolio, mon esprit faiblit.

ROMÉO

Cravache, éperonne ! Cravache, éperonne ! ou je proclame que j'ai gagné !

MERCUTIO

Sûr que mon compte est bon, si c'est au jeu de l'oie que nos esprits se mesurent. Car il y a beaucoup plus de l'oie blanche dans un certain de tes sens qu'il n'y en a dans tous les miens réunis, je n'en doute guère. Ah, je l'ai attrapée, ta petite oie ? Je t'ai eu ?

ROMÉO

Tu veux toujours me faire... la loi.

MERCUTIO

Oh, pour cette plaisanterie, je vais te mordre l'oreille.

ROMÉO

Que non ! Oie engraissée ne mord pas.

MERCUTIO

Petite pomme aigrelette ! Qui fait de l'esprit une vraie sauce piquante !

ROMÉO

N'est-ce pas ce qu'il faut pour accommoder une oie un peu fade ?

MERCUTIO

De l'esprit comme la peau de chevreau. On tire dessus, ça s'allonge. Ça faisait bien un pouce, et ça s'élargit jusqu'à vous faire une verge.

ROMÉO

Je vais l'allonger encore pour ce mot verge. Que je vais accoler à l'oie, et dans tous les sens, mon oie vierge.

MERCUTIO

Eh bien, n'est-ce pas mieux comme cela que de gémir par amour ? Tu es sociable, à présent, tu es Roméo, tu es toi-même comme la nature et l'art t'ont voulu. Tandis que cet amour radoteur est comme l'idiot du village qui court partout en brandissant sa marotte — et c'est pour la cacher dans un trou.

ROMÉO

Arrête-toi, arrête-toi maintenant.

MERCUTIO

Que mon dégoisement s'arrête à mi-charge ? Comme qui dirait, sur le poil ?

ROMÉO

Je lui supposais une queue à n'en plus finir.

MERCUTIO

Là, tu te trompes, mon vieux, car j'en étais au vif de la chose, et je n'avais pas le désir de racler le fond plus longtemps.

Approche la nourrice, avec Pierre, son domestique.

ROMÉO

Oh, le bel attirail ! Une voile, une voile !

MERCUTIO

Deux, deux ! une veste et un jupon.

LA NOURRICE

Pierre !

PIERRE

Voilà.

LA NOURRICE

Mon éventail, Pierre.

MERCUTIO, *bas.*

Donne, mon brave Pierre, pour lui cacher la figure. Car c'est l'éventail qui a bonne mine.

LA NOURRICE

Bien le bonjour, mes nobles messieurs.

MERCUTIO

Bien le bonsoir, ma gracieuse dame.

LA NOURRICE

Est-ce bonsoir ?

MERCUTIO

Pas moins, vous pouvez m'en croire. Car le dard obscène, entre les doigts de l'horloge, a son érection de midi.

LA NOURRICE

Arrière, vous ! Quelle sorte d'homme êtes-vous ?

ROMÉO

Un que Dieu fit, ma noble dame, pour qu'il se défît lui-même.

LA NOURRICE

Par ma foi, c'est bien dit ! « Pour qu'il se défît lui-même », qu'il dit !... Messeigneurs, l'un de vous pourrait-il me dire où je puis trouver le jeune Roméo ?

ROMÉO

Je peux vous le dire. Mais le jeune Roméo sera plus vieux quand vous l'aurez trouvé qu'il n'était quand vous le cherchiez. Je suis le plus jeune de ce nom, faute qu'on ait pu en trouver un pire.

LA NOURRICE

Voilà qui est bien trouvé !

MERCUTIO

Quoi, c'est le pire le bien trouvé ? C'est très bien remarqué, ma foi ! Tout à fait sensé, tout à fait.

LA NOURRICE

S'il vous plaît, monsieur, je voudrais avoir avec vous quelques instants d'entreprise.

BENVOLIO

Elle va l'imputer à quelque souper.

MERCUTIO, *bas.*

Une maquerelle, une maquerelle, taïaut !

ROMÉO

Oh, quel gibier lèves-tu ?

MERCUTIO

Pas exactement un lièvre, monsieur ! Plutôt une lapine
dans un pâté de carême[1], quelque chose de rance et de
moisi avant même qu'on se l'envoie.

> *Il se promène auprès d'eux, en chantant.*

Vieille lapine moisie,
Vieille lapine moisie,
C'est bonne chair à Carême.
Mais lapine qui est moisie
Moisie avant d'êt' servie,
Eh, c'est pas bien fameux, quand même.

Roméo, venez-vous chez votre père ? On y va dîner.

ROMÉO

Je vous suis.

MERCUTIO

Adieu, antique madame ; adieu, (*chantant*) madame,
madame, madame !

> *Il sort avec Benvolio.*

---

1. C'est-à-dire sans viande ? Mais plus probablement un
pâté de lapin mangé en cachette pendant le carême : mangé à la
dérobée et donc par petits bouts, lentement, d'où pour finir
cette moisissure.

LA NOURRICE

Je vous demande, monsieur ! Qu'est-ce que c'est que ce camelot insolent, qui est si fier de ses mots qui puent la corde ?

ROMÉO

Un gentilhomme, nourrice, qui aime s'entendre parler et qui en dit plus en une minute qu'il souffre d'en écouter en un mois.

LA NOURRICE

Qu'il ne dise rien contre moi, sinon je lui rabats le caquet, serait-il plus vigoureux qu'il ne l'est, ou même que vingt des freluquets de sa sorte. Et si je n'y parviens pas, je sais à qui m'adresser. Quel goujat ! Je ne suis pas une de ses cocottes, je n'ai rien à voir avec ses truands !

À Pierre.

Et toi, il faut que tu restes là, à supporter que le premier chenapan venu me fasse violence à son bon plaisir ?

PIERRE

Je n'ai jamais vu personne vous faire violence pour son plaisir. Sinon, j'aurais promptement sorti mon arme. Je vous garantis que je ne crains pas de dégainer tout aussi vite qu'un autre, si je tombe sur une bonne querelle, avec la loi de mon côté !

LA NOURRICE

Vrai, devant Dieu ! Je suis si contrariée que j'en tremble des pieds jusqu'à la tête. Le goujat ! Je vous prie, monsieur, un mot. Comme je vous le disais, ma jeune dame

m'a envoyée à votre recherche. Ce qu'elle m'a chargée
de vous dire, je le garderai pour moi ; mais d'abord laissez-moi vous déclarer que, si vous voulez la faire monter
en voiture, comme on dit, ce serait, comme on dit, une
conduite bien malhonnête, car la noble demoiselle est
jeune et c'est pourquoi, si vous alliez mener double jeu,
vraiment ce serait un mauvais tour à jouer à une noble
demoiselle, un procédé tout à fait vilain.

ROMÉO

Nourrice, recommande-moi à ta dame et maîtresse. Je te
jure…

LA NOURRICE

Le brave cœur ! Oui, ma foi, je vais lui dire tout ça. Seigneur Dieu ! elle sera bien joyeuse.

ROMÉO

Que vas-tu lui dire, nourrice ? Tu ne m'écoutes pas.

LA NOURRICE

Je vais lui dire, monsieur, que vous avez fait un serment,
ce qui, à mon sens, est une offre de gentilhomme.

ROMÉO

Demande-lui d'imaginer
Le moyen de venir cet après-midi à confesse.
C'est là, dans la cellule de Frère Laurent,
Qu'elle sera absoute, puis mariée.
Tiens, ceci est pour toi.

LA NOURRICE

Non, vraiment, monsieur, pas un sou.

ROMÉO

Allons, prends, je te dis.

LA NOURRICE

Cet après-midi, monsieur ? C'est bien, elle va y être.

ROMÉO

Et toi, bonne nourrice, reste derrière
Le mur de l'abbaye. Dans moins d'une heure,
Mon domestique t'aura rejointe
Avec l'échelle de corde, qui m'aidera,
Au secret de la nuit, à atteindre la hune de mon
    bonheur.
Adieu ! sois diligente, et je te paierai de tes peines.
Adieu ! recommande-moi à ta maîtresse.

LA NOURRICE

Que le Dieu du ciel vous bénisse !
Écoutez, monsieur.

ROMÉO

Qu'as-tu à dire, chère nourrice ?

LA NOURRICE

Votre domestique est-il sûr ?
Vous connaissez le proverbe : deux hommes
Peuvent garder un secret
Si l'on en tient un à l'écart.

ROMÉO

Je te garantis qu'il est aussi sûr que du bon acier.

LA NOURRICE

Eh bien, monsieur, ma maîtresse est la jeune dame la plus charmante — Seigneur, Seigneur ! Quand elle était cette petite chose qui jacassait... Oh, il y a un seigneur de cette ville, un certain Paris, qui voudrait bien tenter l'abordage. Mais elle, la bonne âme, aimerait autant voir un crapaud, un vrai crapaud, que le voir. Je la fais enrager, des fois, en lui disant que Paris est le plus estimable des deux partis. Mais, je vous assure, quand je parle comme cela, la voilà qui devient plus blanche que le plus blanc des petits bouts de linge de tout ce monde terrestre. Est-ce que romarin et Roméo ne commencent pas tous deux par une sorte de lettre ?

ROMÉO

Oui, nourrice, pourquoi cela ? Chacun des deux par un R.

LA NOURRICE

Oh, moqueur ! c'est pour l'aboiement du chien. ER, c'est pour... Non, je sais que cela commence par une autre lettre ; et elle en a dit, de vous et du romarin, la phrase la mieux tournée, qui vous ferait bien plaisir, si seulement vous pouviez l'entendre !

ROMÉO

Recommande-moi à ta dame.

LA NOURRICE

Oh oui, mille fois. Pierre !

PIERRE

Voilà.

LA NOURRICE

Passe devant, et fais vite !

Ils sortent.

SCÈNE V

Le verger des Capulet.

Entre JULIETTE.

JULIETTE

Quand j'ai dépêché la nourrice, l'horloge
Sonnait neuf heures ; et ma nourrice m'avait promis
D'être de retour dans la demi-heure. Faut-il croire
Qu'elle n'a pu le trouver ? Oh, certes non !
Elle a traîné la jambe ! Les messagers de l'amour
Ce devraient être les pensées, qui sont dix fois plus
　　rapides
Que les rayons du soleil, quand ils repoussent
　　les ombres
Vers les monts nébuleux. Et c'est pourquoi des colombes
Portent si lestement l'Amour, et pourquoi
Cupidon a des ailes qui sont rapides comme le vent.
Mais voici le soleil à la plus haute des cimes
De son voyage du jour ; et cela fait
De neuf heures à midi, trois longues heures. Pourquoi
N'est-elle pas de retour ? Ah, aurait-elle encore
Les passions et la fougue de la jeunesse,
Elle aurait le rebond rapide d'une balle.
Mes mots la lanceraient à mon bien-aimé

Qui me la renverrait. Mais ces vieilles gens,
Qu'ils ont souvent l'apparence des morts,
Inertes, lents et lourds, pâles comme du plomb !

Entre la nourrice.

Oh, mon Dieu, la voilà ! Ma nourrice de miel, quelles
    nouvelles ?
L'as-tu trouvé ? Éloigne ton domestique.

LA NOURRICE

Pierre, reste à la porte.

Pierre s'éloigne.

JULIETTE

Ma douce et bonne nourrice… Ah, Seigneur Dieu !
Pourquoi cet air si triste ? Si les nouvelles
Sont tristes, annonce-les quand même avec allégresse,
Et sinon c'est offense à une douce musique
Que de me la jouer avec cette mine revêche.

LA NOURRICE

Je suis lasse, donne-moi le temps de souffler un peu,
Ah, que mes os me font mal ! Quelle équipée !

JULIETTE

Je donnerais mes os en échange de tes nouvelles.
Vite, parle-moi, je te prie. Parle, bonne, bonne
    nourrice.

LA NOURRICE

Quelle hâte, Jésus ! Ne peux-tu attendre un moment ?
Ne vois-tu pas combien je suis essoufflée ?

JULIETTE

Comment peux-tu être essoufflée, puisque tu as
Assez de souffle encore pour me le dire ?
Les excuses que tu te forges pour ce retard
Sont plus longues que le récit que tu t'excuses de faire
    attendre !
Allons, réponds-moi vite. Bonnes nouvelles
Ou mauvaises ? Dis l'un ou l'autre, et pour le détail
    j'attendrai.
Contente-moi. Est-ce mauvais, est-ce bon ?

LA NOURRICE

Ah bien, vous n'avez pas été difficile. Vous n'y connaissez rien pour choisir un homme. Roméo ? Non, vraiment
pas. Encore que sa figure soit plus agréable qu'aucune
autre, et que sa jambe l'emporte sur celle de tous les autres
garçons et que, pour ce qui est de la main, du pied ou du
corps, bien qu'il n'y ait rien à en dire, il soit vraiment
hors de pair ! Ce n'est pas la fleur de la courtoisie, mais
pour la douceur, un agneau, je t'en donne ma parole. Va
ton chemin, ma fille. N'oublie pas Dieu… Dis, avez-vous
déjeuné, à la maison ?

JULIETTE

Non, non. Mais tout cela, je le sais déjà.
Que dit-il de notre mariage, qu'en dit-il ?

LA NOURRICE

Dieu, que j'ai mal au crâne ! Ah, pauvre tête !
Elle me travaille à en croire qu'elle va partir
    en morceaux.
Et mon dos, de l'autre côté ! Ah, mon dos, mon dos !

Maudites soient vos affaires de cœur
Qui m'envoient au diable attraper la crève
À caracoler par monts et par vaux.

JULIETTE

Je suis navrée que tu te sentes si mal.
Mais douce, douce, douce nourrice, répète-moi
Ce que dit mon très cher amour.

LA NOURRICE

Il a dit, votre cher amour, en gentilhomme honnête et
courtois, et généreux et superbe et — je vous le promets
— vertueux… Où est donc votre mère ?

JULIETTE

Ma mère ? Chez elle, bien entendu.
Où veux-tu qu'elle soit ? Quelle bizarre réponse !
« Il dit votre amoureux, en honnête gentilhomme :
Où est donc votre mère ? »

LA NOURRICE

Oh, bonne mère de Dieu !
Si impatiente ? Eh bien, par la Sainte Vierge,
    déborde !
Est-ce là le cautère que tu as pour mes pauvres os ?
Les autres fois, vous les ferez vous-même, vos
    commissions.

JULIETTE

Que de simagrées ! Allons, que dit Roméo ?

LA NOURRICE

Avez-vous la permission d'aller à confesse, aujourd'hui ?

JULIETTE

Mais oui.

LA NOURRICE

Alors, courez à la cellule de Frère Laurent.
Il y a là un mari qui veut faire de vous sa femme.
— Ah, voici ce coquin de sang qui vous monte aux
   joues !
Elles vont rougir plus encore aux autres nouvelles.
Courez vite à l'église ; moi, il faut que, de mon côté,
J'aille chercher l'échelle par laquelle le cher amour
Grimpera au nid d'un oiseau quand il fera noir.
Je suis la bête de somme de vos plaisirs,
Mais c'est vous, dès la nuit, qui porterez le fardeau.
Bien. Je vais déjeuner. Courez vite à la cellule du frère.

JULIETTE

Courons à mon grand bonheur ! Au revoir,
Mon honnête nourrice.

Elles sortent.

SCÈNE VI

La cellule de frère Laurent.

Entrent ROMÉO *et* FRÈRE LAURENT.

LE FRÈRE

Veuillent les cieux sourire à cet acte saint
Et faire que les heures qui vont suivre
Ne nous apportent pas chagrins et reproches.

ROMÉO

Amen, amen ! Mais que viennent tous les chagrins,
Ils n'égaleront pas la part de bonheur
Que m'offre le moindre instant lorsque je suis avec elle.
Joins seulement nos mains par les paroles sacrées,
Et que la mort ensuite, la dévoreuse d'amour,
Ose ce qu'elle veut. Il me suffit
Que je puisse penser que Juliette est mienne.

FRÈRE LAURENT

Violentes fins ont ces violentes délices !
Elles meurent dans leur triomphe
Comme la poudre et le feu en s'étreignant se consument.
Le miel le plus sucré, c'est du fait même de sa douceur
Qu'il écœure, et son goût lasse l'appétit.
Aussi, aime mesurément. C'est la chance d'un long
    amour.
L'homme qui est trop prompt arrive autant en retard
Que celui qui lambine trop… Voici ta dame.

Entre Juliette.

Oh, un pas si léger
Ne risque pas d'user l'immuable silex.
Qui aime peut chevaucher les fils de la Vierge
Qui musent dans l'allégresse du ciel d'été
Sans tomber, si légère est son illusion.

JULIETTE

Je souhaite le bonsoir à mon révérend confesseur.

FRÈRE LAURENT

Roméo te remerciera pour nous deux, ma fille.

JULIETTE

Alors, à lui aussi je souhaite bonsoir,
Pour que nous soyons quittes.

ROMÉO

Ah, si ta joie, ma Juliette,
Est à son comble comme la mienne, mais si tu es
Plus habile à la dire, que ton haleine
Embaume l'air qui nous environne, et que ta voix
Par avance déploie, de sa belle musique,
Les bonheurs que va nous valoir, à l'un et l'autre,
Ce précieux rendez-vous.

JULIETTE

Plus riche de substance que de mots,
Un sentiment profond s'enorgueillit
De ce qu'il est et non de ce qui l'orne
Ce ne sont que des miséreux, ceux-là
Qui peuvent dénombrer leurs biens. Mais mon amour
A grandi à tel point que je ne puis compter
La moitié même de ma richesse.

FRÈRE LAURENT

Bon, venez avec moi, et faisons vite.
Car, si vous permettez, je ne vous laisse pas seuls
Tant que la Sainte Église n'a pas fait de vous un seul
    être.

Ils sortent.

ACTE III

SCÈNE I

Une place publique.

Entrent MERCUTIO, BENVOLIO *et leurs gens.*

BENVOLIO

Je t'en prie, mon cher Mercutio, retirons-nous.
Il fait chaud, les Capulet sont dehors.
Et si nous les croisons, nous n'éviterons pas la querelle.
Par ces chaudes journées, tu le sais, le sang est fou et
  bouillonne.

MERCUTIO

Tu es comme ces gaillards qui, dès qu'ils passent le seuil
d'une taverne, vous flanquent leur épée sur la table, en
s'exclamant : « Fasse le ciel que je n'aie pas à en faire
usage ! » Mais, dès qu'a fait son effet le second verre, ils
vous la tirent contre celui qui tirait le vin, sans la moindre
nécessité.

BENVOLIO

Suis-je donc un de ces gaillards ?

MERCUTIO

Allons, allons, tu es aussi excitable à tes heures que
n'importe quel vaurien d'Italie. Et aussi susceptible de
t'emporter que porté à l'être, susceptible !

BENVOLIO

Susceptible de quoi ?

MERCUTIO

Eh, s'il y en avait deux comme toi, il n'en resterait bientôt qu'un, car l'un aurait tué l'autre. Toi ? Mais tu te
querellerais avec un passant qui aurait un poil de plus ou
de moins que toi dans sa barbe ! Tu te querellerais avec
un casseur de noix, sans autre motif que tes yeux couleur de noisette ! Quel autre œil que le tien irait déni-
cher de tels sujets de querelle ? Ta tête en est aussi farcie
qu'un œuf l'est de sa substance, et pourtant, à force de
se fêler dans tant de querelles, la voici aussi vide qu'un
œuf pourri. Tu as cherché noise à un homme qui avait
toussé dans la rue, sous prétexte qu'il réveillait ton chien
qui faisait son somme au soleil. Et n'as-tu pas chanté
pouilles à un tailleur qui portait son complet neuf avant
Pâques ? Et à cet autre, parce qu'il avait mis du vieux
ruban à ses souliers neufs ? C'est bien à toi de me chapi-
trer sur ce sujet des querelles !

BENVOLIO

Si j'étais aussi prompt que toi à me quereller, je céderais
ma vie au premier venu pour une heure et quart d'existence. Et en toute propriété.

MERCUTIO

En toute propriété ? C'est du propre !

Entrent Tybalt, et d'autres.

BENVOLIO

Par ma tête, voici les Capulet.

MERCUTIO

Par mon talon, ça m'est bien égal.

TYBALT

Suivez-moi de près, je veux leur parler...
Bonsoir, messieurs. Un mot avec l'un de vous.

MERCUTIO

Rien qu'un mot avec l'un de nous ?
Ajoutez-y quelque chose. Dites un mot et une passe.

TYBALT

Vous m'y trouverez assez disposé, monsieur, si vous
m'en donnez l'occasion.

MERCUTIO

Ne pouvez-vous pas la saisir sans qu'il faille qu'on vous
la donne ?

TYBALT

Mercutio, tu es de concert avec Roméo...

MERCUTIO

De concert ? Nous prendrais-tu pour des musiciens ? Si
tu nous prends pour des musiciens, attends-toi plutôt

à des dissonances. Voici mon archet ! Et qui va te faire
danser, morbleu, de concert !

BENVOLIO

Nous discutons ici dans un lieu public.
Retirez-vous dans quelque endroit privé
Pour parler de sang-froid de vos griefs, sinon
Séparez-vous ! Tout le monde ici nous regarde.

MERCUTIO

Leurs yeux sont faits pour ça, qu'ils nous regardent !
Moi, pas question que je bouge pour leurs beaux yeux.

Entre Roméo.

TYBALT

Oh, bien, soyez en paix, monsieur. Voici mon homme.

MERCUTIO

Qu'on me pende, monsieur, s'il porte votre livrée !
Par la Vierge, précédez-le sur le terrain,
Il vous suivra. Ce n'est que dans ce sens
Que Votre Seigneurie peut le dire son homme.

TYBALT

L'amour que je te porte, Roméo,
Ne peut trouver d'expression mieux venue
Que celle-ci : tu es un être vil.

ROMÉO

Ô Tybalt, la raison que j'ai de t'aimer
Fera beaucoup pour excuser la rage
Qui éclate dans ton salut. Non, je ne suis pas vil.
Adieu, donc. Je vois bien, tu ne me connais pas.

TYBALT

Mon petit, on n'excuse pas à si bon compte
Les offenses que l'on m'a faites. Allons, tourne-toi,
   dégaine !

ROMÉO

Je ne t'ai jamais offensé, je le dis très haut,
Et je t'aime bien plus que tu ne pourras le croire
Tant que tu n'auras su quelle est ma raison.
Aussi, bon Capulet — dont je chéris le nom
Aussi tendrement que le mien ! — sois satisfait.

MERCUTIO

Plate, déshonorante, abjecte soumission !
Balaie-moi tout ça, mon « alla stoccata » !

Il dégaine.

Tybalt, tueur de rats, on va faire un tour ?

TYBALT

Que me veux-tu ?

MERCUTIO

Bon roi des chats, simplement une de vos neuf vies, avec
laquelle j'ai l'intention de prendre des libertés non sans
me réserver, si vous m'offensez encore, de hacher menu
les huit autres. Voulez-vous bien me tirer votre épée de
sa douillette, et par les oreilles ? Dépêchez-vous, de peur
que la mienne ait plus vite encore sifflé aux vôtres.

TYBALT

Je suis à vous.

Il dégaine.

ROMÉO

Rengaine ton épée, mon bon Mercutio.

MERCUTIO

Allons, votre passado, monsieur !

Ils combattent.

ROMÉO

Dégaine, Benvolio ! Abattons leurs armes !
Honte, seigneurs ! Ne commettez pas ce délit.
Tybalt, Mercutio ! Le prince a expressément défendu
Tous ces combats dans les rues de Vérone.
Arrêtez-vous, Tybalt ! Bon Mercutio !

*Tybalt frappe Mercutio par-dessous le
bras de Roméo et s'enfuit.*

MERCUTIO

Je suis blessé. J'ai mon compte.
La peste soit de vos deux maisons.
Il est parti, ce Tybalt, il n'a rien ?

BENVOLIO

Es-tu blessé ?

MERCUTIO

Oui, une égratignure, une égratignure.
Mais suffisante, morbleu… Où est mon page ?
Maraud, va me chercher un chirurgien.

Le page sort.

BENVOLIO

Courage, mon ami ! Ce ne peut être
Une blessure bien grave.

MERCUTIO

Non, ce n'est pas aussi profond qu'un puits, ni aussi
large que le porche d'une église, — mais c'est assez, cela
fera son office. Venez me voir demain, et vous me trouverez d'une froideur ! Je suis poivré, je vous le garantis,
c'en est fait de ma vie terrestre. La peste de vos maisons ! Ah, morbleu ! Un chien, un rat, une souris, un
chat, vous tuer d'une égratignure ! Un fanfaron, un coquin, un gueux, qui se bat selon son livre d'arithméti-
que ! Pourquoi diable vous êtes-vous jeté entre nous ?
J'ai été touché par-dessous votre bras.

ROMÉO

Je voulais agir pour le mieux.

MERCUTIO

Aide-moi à entrer dans quelque logis, Benvolio,
Ou je m'évanouis... La peste de vos maisons !
Elles ont fait de moi cette chair à vermine.
J'ai mon compte, et bien calculé ! Ah, vos maisons !

Il sort, avec l'aide de Benvolio.

ROMÉO

Un gentilhomme, un proche parent du prince,
Un véritable ami, reçoit ce coup mortel
À ma place ; et l'outrage de Tybalt,
Qui est depuis une heure mon cousin,
Souille ainsi mon honneur. Ô ma douce Juliette,

Ta beauté fait de moi un efféminé,
Elle amollit l'acier de ma valeur.

Benvolio revient.

BENVOLIO

Ô Roméo, Roméo, le brave Mercutio est mort.
Cette âme courageuse,
Qui prématurément méprisait la terre,
S'est envolée vers les nues.

ROMÉO

Le noir destin de ce jour va s'appesantir sur bien d'autres.
Celui-ci ne fait qu'ébaucher
Les maux que d'autres jours auront à finir.

Tybalt revient.

BENVOLIO

Et voici que revient l'enragé Tybalt.

ROMÉO

En vie et triomphant, et Mercutio tué !
Remonte au ciel, mon esprit d'indulgence,
Et guide-moi désormais, fureur au regard de feu !
Allons, Tybalt, retire la vilenie
Dont tu m'as taxé tout à l'heure, car l'âme de Mercutio
N'est pas très haut encore au-dessus de nos têtes,
Attendant que tu viennes lui faire escorte !
Toi ou moi, ou nous deux, devrons partir avec lui.

TYBALT

Misérable gamin, son camarade ici-bas,
C'est à toi d'aller le rejoindre !

ROMÉO

Voilà qui décidera.

Ils se battent. Tybalt tombe.

BENVOLIO

Va-t'en, Roméo, fuis !
Les citoyens arrivent, Tybalt est tué !
Ne reste pas comme stupide. Car le prince,
Si tu es pris, te vouera à la mort.
Va-t'en d'ici, va-t'en !

ROMÉO

Oh, je suis le jouet de la Fortune.

BENVOLIO

Mais pourquoi restes-tu !

Entrent les citoyens. Sort Roméo.

UN CITOYEN

Par où s'est-il enfui, celui qui tua Mercutio ?
Par où s'est-il enfui, Tybalt, l'assassin ?

BENVOLIO

À terre, ici, ce Tybalt.

UN CITOYEN

Debout, monsieur, venez avec moi.
Je vous somme de m'obéir, au nom du prince.

Entrent le Prince, le vieux Montaigu,
Capulet, leurs femmes et d'autres encore.

LE PRINCE

Où sont les vils instigateurs de cette rixe ?

BENVOLIO

Je puis tout expliquer, ô noble prince,
Du déplorable cours de ce heurt fatal.
Celui qui gît ici, le jeune Roméo l'a tué,
Et lui, Tybalt, il avait tué votre parent,
Le valeureux Mercutio.

LADY CAPULET

Ô Tybalt, mon neveu ! L'enfant de mon frère !
Ô prince ! ô mon mari ! Oh, voici répandu
Le sang de notre cher parent ! Prince, si tu es juste,
Pour prix de notre sang verse celui des Montaigu.
Neveu ! Mon cher neveu !

LE PRINCE

Benvolio, qui a commencé cette sanglante mêlée ?

BENVOLIO

Tybalt, que voici mort, tué par Roméo !
Un Roméo qui lui parlait avec sagesse,
Lui demandant de voir à quel point leur querelle
Était futile, et qui allégua, au surplus,
Votre haute colère. Mais tout cela,
Dit avec gentillesse et calme, et le genou
Modestement ployé, ne peut mettre un frein
À la bile impétueuse de Tybalt. Il demeure sourd
Aux paroles de paix, et d'un fer perforant
Se fend vers la poitrine de Mercutio

Le vaillant ! qui d'un même feu, dans cette lutte
    mortelle,
Oppose glaive au glaive. D'une main,
Plein d'un dédain martial, il écarte la froide mort,
Cependant que de l'autre il la renvoie à Tybalt
Qui la retourne avec art. Roméo leur crie :
« Arrêtez, amis, arrêtez ! » Et, plus promptement que
    sa langue,
Son bras leste rabat leurs pointes fatales,
Il se jette entre eux deux. Mais c'est alors,
C'est par-dessous son bras qu'une botte perfide
De Tybalt dépossède de la vie
Mercutio l'intrépide... Tybalt s'enfuit,
Mais peu après revient sur Roméo
Qui nourrit maintenant un désir de vengeance.
Leur assaut fut comme un éclair. Car, avant même
Que j'aie pu dégainer pour les séparer,
L'intrépide Tybalt avait fait son temps.
Et Roméo, tournant les talons, s'enfuyait.
Telle est la vérité ; ou sinon, que Benvolio meure.

LADY CAPULET

C'est un parent de ces Montaigu. L'affection
Le fait mentir, il ne dit pas la vérité.
Car ils étaient bien vingt dans ce noir combat
Qui à eux tous n'ont pu détruire qu'une vie.
Je réclame justice, et tu dois me l'accorder, prince.
Roméo, qui tua Tybalt, Roméo doit cesser de vivre.

LE PRINCE

Roméo l'a tué. Mais Tybalt tua Mercutio.
Qui va payer le prix de ce sang qui m'est cher ?

MONTAIGU

Pas Roméo, prince, pas le camarade de Mercutio.
Sa faute n'a été que de terminer
Ce que la loi eût tranché, la destinée de Tybalt.

LE PRINCE

Oui, et pour cette offense
Je le bannis, et sur-le-champ, de cette ville.
Je suis atteint par les méfaits de votre haine,
C'est mon sang que vos rixes sauvages ont répandu.
Mais je vous frapperai d'une amende si forte
Que vous pleurerez tous la perte que j'éprouve.
Je serai sourd aux plaidoyers et aux excuses.
Ni larmes ni prières ne pourront racheter vos fautes,
Aussi n'en usez pas. Que Roméo parte vite !
Sinon, il périra sitôt que trouvé ici.
Emportez ce cadavre, attendez nos arrêts.
La clémence n'est rien qu'un meurtre, si elle absout
    ceux qui tuent.

Ils sortent.

SCÈNE II

La maison des Capulet.

Entre JULIETTE, *seule.*

JULIETTE

Galopez, destriers aux talons de flamme,
Vers la demeure de Phébus ! Un conducteur

Comme était Phaéton vous eût de son fouet
Précipité à l'ouest, faisant accourir
Aussitôt les nuées nocturnes ! Oh, étends ton épais
    rideau,
Nuit qui exauces l'amour, et que les yeux de ce fugitif[1]
Se ferment pour que puisse mon Roméo,
Sans être vu, s'élancer dans mes bras !
Aux amants peut suffire, pour les rites de leur amour,
La lumière de leur beauté ; et si l'amour est aveugle
Il s'accorde aux ténèbres d'autant mieux.
Courtoise nuit, grande dame au sévère vêtement
    sombre,
Viens, apprends-moi à perdre, en la gagnant,
La partie où se jouent nos deux virginités,
Et couvre de ton noir manteau mon sang encore
    sauvage
Et si fort dans mes tempes, jusqu'à ce que
Mon jeune amour timide sache, enhardi,
Combien sont purs les actes d'un vrai amour.
Viens, nuit ! Viens, Roméo ! Viens, mon jour dans
    la nuit.
Car sur les ailes de la nuit, tu vas reposer
Plus blanc que sur le dos du corbeau la neige,
Viens, douce nuit, amoureuse au front noir,
Donne-moi Roméo ; et, quand je serai morte,

---

1. Le *fugitif* (*runaway*) a fait couler beaucoup d'encre : vingt-huit pages de notes par exemple dans l'édition Furness (*The New Variorum Edition of Shakespeare*), 1871. Il se peut que le texte soit corrompu. On peut aussi concevoir que le fugitif, c'est Phaéton, et avec lui le soleil dont le départ — le sommeil — va favoriser la venue de Roméo. Plutôt cependant préserver l'obscurité du passage que de privilégier une interprétation extrêmement incertaine.

Prends-le, fais-le se rompre en petites étoiles,
Lui qui rendra si beau le visage du ciel
Que l'univers sera comme fou de la nuit
Et n'adorera plus l'aveuglant soleil.
J'ai acheté le logis d'un amour,
Mais je n'en ai pas pris possession encore.
Je suis vendue,
Mais je n'ai pas servi. Qu'ennuyeux est ce jour !
Tout autant que la nuit d'avant une fête
Pour l'impatiente enfant qui ne peut porter
Sa belle robe neuve. — Oh, voici ma nourrice !

> *Entre la nourrice, avec des cordes.*

Elle m'apporte des nouvelles ; et toute langue qui forme
Le nom de Roméo a l'éloquence du ciel.
Eh bien, nourrice, quelles nouvelles ? Que portes-tu ?
Est-ce l'échelle de corde que Roméo t'a dit d'aller
  prendre ?

LA NOURRICE

Oui, oui, l'échelle de corde.

> *Elle la jette par terre.*

JULIETTE

Mon Dieu, que se passe-t-il ?
Pourquoi te tords-tu les mains ?

LA NOURRICE

Jour de malheur ! Il est mort, il est mort, il est mort,
Nous sommes perdues, nous sommes perdues, madame !
Ah, terrible journée ; on nous l'a tué, il est mort !

JULIETTE

Le ciel a-t-il pu être aussi jaloux ?

LA NOURRICE

Roméo, oui, si le ciel ne l'a pu.
Ô Roméo, Roméo !
Qui aurait pu le croire ? Roméo !

JULIETTE

Quel démon es-tu donc, pour me tourmenter
    de la sorte ?
Cette torture, c'est bon pour être hurlé dans l'horrible
    enfer.
Roméo s'est-il suicidé ? Prononce un « oui », seulement,
Et ce tout petit mot me détruira plus vite
Que l'œil chargé de mort du basilic.
Quels vont être mes maux si j'entends ce mot,
S'il signifie que ses yeux se sont clos !
S'il est mort, dis ce « oui » ; sinon, dis : « non » !
Que ces sons brefs fassent ma joie ou mon malheur !

LA NOURRICE

J'ai vu la blessure, de mes yeux vu,
Ici (Dieu me pardonne !), sur cette mâle poitrine,
Un cadavre, un pitoyable et sanglant cadavre,
Et pâle, pâle comme la cendre, et tout barbouillé de
    sang,
Tout couvert de son sang caillé ! Quand je l'ai vu,
J'ai perdu connaissance.

JULIETTE

Oh, brise-toi, mon cœur ! Fais banqueroute !
Allez en geôle, mes yeux, n'envisagez plus d'être libres !

Vil limon, retourne à la terre, arrête tes mouvements,
Et qu'un seul lourd cercueil t'accable avec Roméo !

LA NOURRICE

Tybalt, Tybalt, le meilleur ami que j'avais !
Courtois Tybalt, honnête gentilhomme,
Pourquoi ai-je vécu pour te voir mort ?

JULIETTE

Quelle tempête est-ce là, qui souffle en vents
   si contraires ?
Roméo est-il tué, et Tybalt aussi est-il mort ?
Mon très aimé cousin, mon époux mieux aimé
   encore ?
Dans ce cas, trompette sinistre, sonne le dernier
   Jugement,
Car qui donc est vivant si ces deux-là ne sont plus ?

LA NOURRICE

Tybalt n'est plus, et Roméo n'est plus là.
Roméo a tué Tybalt, et il est banni.

JULIETTE

Oh, Dieu ! La main de Roméo a versé le sang de
   Tybalt ?

LA NOURRICE

Oui, oui ! Que maudit soit ce jour !

JULIETTE

Ô cœur-serpent, caché sous ce visage de fleurs !
Quel dragon a jamais vécu dans un si bel antre !
Magnifique tyran, démon angélique,

Corbeau aux plumes de colombe, agneau vorace
  comme le loup !
Substance méprisable sous une forme divine,
En tout point le contraire de ce que tu sembles en tout,
Saint qui seras damné, traître sous l'aspect
  de l'honneur !
Oh, qu'est-ce donc, nature, qui te poussait en enfer
Lorsque tu accueillis cet esprit du mal
Au paradis mortel d'une chair aussi douce ?
Y a-t-il jamais eu d'aussi vils ouvrages
Sous reliure aussi belle ? Et, faut-il que la fourberie
Habite en un palais de tant de splendeurs ?

LA NOURRICE

On ne peut se fier à un homme.
Ni bonne foi, ni honnêteté ! Tous des parjures,
Des faussaires, des moins-que-rien, des simulateurs.
Ah, où est mon valet ? De l'eau-de-vie !
Ces chagrins, ces malheurs, ces souffrances me font
  vieillir.
Honte sur Roméo !

JULIETTE

Que ta langue se couvre de mille cloques
Pour avoir formulé ce vœu ! Il n'est pas né pour
  la honte,
La honte sur son front a honte de s'asseoir,
Car ce front est un trône où l'honneur pourrait être
Couronné roi de tout notre univers !
Oh, quel monstre je fus de m'en prendre à lui !

LA NOURRICE

Vas-tu dire du bien de celui qui a tué Tybalt ?

JULIETTE

Vais-je dire du mal de mon mari ?
Ah, quelle langue, mon seigneur infortuné,
Effacera les rugosités de ton nom
Quand moi, qui suis ta femme depuis trois heures,
Je l'ai déjà déchiré ? Mais aussi, ô méchant,
Pourquoi faire mourir mon cousin... Ce méchant
Qui eût tué mon mari... Arrière, sottes larmes,
Refluez à vos sources, c'est au malheur
Que revient le tribut de vos gouttes, qui s'offre
Par erreur à la joie. Mon mari est vivant,
Lui qu'aurait tué Tybalt, et Tybalt est mort,
Qui eût tué mon mari. Tout cela est heureux.
Alors pourquoi pleurer ? C'est qu'un mot me tue,
Pire que « Tybalt mort ». Je voudrais l'oublier
Mais, hélas, il accable ma mémoire
Comme leurs crimes maudits hantent l'esprit
     des pécheurs.
« Tybalt est mort, et Roméo banni. »
Ce « banni », ce seul mot : « banni »
A tué dix mille Tybalt. Certes, la mort
De Tybalt, c'était là un mal suffisant,
Mais, si l'aigre malheur aime la compagnie,
S'il a besoin que d'autres souffrances le suivent,
Pourquoi n'avoir pas dit, en plus de Tybalt,
« Ton père aussi, ta mère », ou même les deux,
Ce qui m'aurait contrainte aux déplorations ordinaires ?
Ajouter, à l'arrière-garde de Tybalt mort,
« Roméo est banni », prononcer ce mot,
Et c'est mon père et ma mère, Tybalt, Roméo, Juliette
Qui meurent tous, qui sont assassinés ! Roméo, banni !
Il n'y a pas de fin, de limites, de bornes

Dans ce mot meurtrier. Il n'y a pas de mots
Pour dire ce malheur. Nourrice,
Où sont mon père et ma mère ?

LA NOURRICE

À pleurer et gémir sur le corps de Tybalt.
Allez-vous les rejoindre ? Je vous y mène.

JULIETTE

Lavent-ils ses blessures de leurs larmes ?
Je répandrai les miennes, lorsque les leurs seront sèches,
À pleurer le bannissement de Roméo.
Reprends ces cordes. On vous a trompées, pauvres
     cordes,
Tout comme moi, puisque Roméo est banni.
Il avait fait de vous la route de ma couche,
Mais vierge je mourrai, oui veuve et vierge.
Allez, cordes, et toi, nourrice. J'irai, moi, au lit de
     mes noces,
Et que la mort, et non Roméo, prenne ma virginité.

LA NOURRICE

Allez vite dans votre chambre ! Je trouverai Roméo
Pour qu'il vous réconforte. Je sais fort bien où il est.
Entendez-vous ? Il viendra ici cette nuit, votre Roméo.
J'y cours. Il s'est caché dans la cellule du frère.

JULIETTE

Oh, trouve-le ! Donne cet anneau à mon chevalier
     fidèle
Et commande-lui de venir me faire un dernier adieu.

Elles sortent.

SCÈNE III

La cellule de frère Laurent.

Entre le FRÈRE.

FRÈRE LAURENT

Roméo, montre-toi ! Ah, viens, malheureux homme !
L'affliction s'est éprise de tes vertus,
Te voilà marié au malheur.

Entre Roméo.

ROMÉO

Mon père, quelles nouvelles ? Quelle est la sentence
    du prince ?
Quelle souffrance inconnue encore
Brigue de venir près de moi ?

FRÈRE LAURENT

Tu n'es que trop le familier
De cette amère compagnie, mon cher enfant.
Je viens t'apprendre l'arrêt du prince.

ROMÉO

Que serait-il de moins qu'un arrêt de mort ?

FRÈRE LAURENT

Un jugement plus doux est tombé de ses lèvres.
Non pas la mort du corps : son bannissement !

ROMÉO

Bannissement ! Sois charitable, dis la mort.
L'exil est d'apparence plus horrible
Que la mort, mille fois ! Ne dis pas l'exil.

FRÈRE LAURENT

Tu es banni de cette ville de Vérone.
Sois courageux, mon fils, le monde est vaste.

ROMÉO

Il n'y a pas de monde hors des remparts de Vérone.
Rien que le purgatoire, la torture, l'enfer lui-même.
Être banni d'ici, c'est l'être du monde,
Et l'exil loin du monde, c'est la mort —
    « Bannissement »,
Mais c'est « mort » sous un autre nom. Bannissement !
En appelant ainsi la mort, tu me tranches la tête
Avec une hache d'or
Et tu souris au coup qui m'assassine.

FRÈRE LAURENT

Péché mortel ! grossière ingratitude !
Ta faute, notre loi la punit de mort. Mais le bon prince
A pris parti pour toi, il l'a bousculée
Et changé ce mot noir, « la mort », en celui d'exil.
C'est une grande grâce, et tu ne veux pas le voir.

ROMÉO

Une torture et non une grâce ! Le ciel
Est ici, où Juliette vit ! Les chats, les chiens,
Les infimes souris, les moindres créatures
Vivent ici au ciel, puisqu'elles peuvent la voir,

Mais Roméo ne le pourra plus. Oui, les mouches
    d'une charogne
Ont plus de droits, de titres, de privilèges
Que Roméo, puisqu'elles peuvent toucher
La blancheur merveilleuse de la chère main de Juliette
Et dérober une éternité de joie
À ses lèvres qui, dans leur chaste modestie,
Ne cessent de rougir à l'idée qu'elles sont coupables
Du péché de s'entrebaiser… Les mouches peuvent cela,
Alors que moi, je dois fuir. Diras-tu encore
Que l'exil, ce n'est pas la mort ? Roméo ne peut plus…
Il est banni. Ce que les mouches peuvent,
Il faut que lui le fuie. Elles sont libres,
Quand moi je suis banni ! N'avais-tu donc pas
Une mixture empoisonnée, une lame aiguë,
Un quelconque instrument de soudaine mort
Pour m'abattre, au lieu de ce mot ? Banni ! Banni !
Oh, moine, c'est le mot des damnés en enfer
Parmi leurs hurlements. Comment as-tu le cœur,
Toi qui es prêtre et confesseur des âmes,
Toi qui absous les fautes, toi qui te dis mon ami,
De me déchirer de ces mots : « Tu es banni ! »

FRÈRE LAURENT

Fou que tu es, écoute-moi un peu.

ROMÉO

Oh, tu vas me parler de bannissement encore.

FRÈRE LAURENT

Te donner une armure, pour résister à ce mot.
C'est le doux lait de l'adversité, la philosophie,
Qui te fortifiera, mon pauvre banni.

ROMÉO

« Banni », encore ! Au gibet, la philosophie !
Peut-elle recréer une Juliette,
Déplacer une ville, renverser le décret d'un prince ?
Alors, elle n'est rien, ne peut rien, ne m'en parle plus.

FRÈRE LAURENT

Ah, je vois que les fous n'ont pas d'oreilles.

ROMÉO

Comment en auraient-ils ?
Les sages ont-ils des yeux ?

FRÈRE LAURENT

Consens que nous parlions de ta situation.

ROMÉO

Ce que tu ne sens pas, tu n'en peux parler !
Serais-tu jeune comme moi, et amoureux de Juliette,
Et son époux d'une heure à peine, mais Tybalt mort,
Et comme moi envoûté mais banni,
Ah, tu pourrais parler et t'arracher les cheveux
Et te jeter à terre comme je le fais maintenant,
Pour y prendre mesure d'une tombe encore à creuser !

On frappe.

FRÈRE LAURENT

Relève-toi, on frappe. Bon Roméo, cache-toi.

ROMÉO

Certes non !
À moins que les soupirs de mon triste cœur

Ne me dérobent dans leur brume à l'examen
   des regards.

On frappe à nouveau.

FRÈRE LAURENT

Écoute, comme on frappe ! — Qui est là ?
Relève-toi, Roméo,
Ils vont te prendre ! — Un instant ! — Mais lève-toi
   donc !

On frappe plus fort.

Cours dans mon cabinet. — Tout de suite ! — Vouloir
   de Dieu,
Quelle folie c'est là ! — Je viens, je viens !

On frappe encore.

Mais qui frappe si fort ? D'où venez-vous ? Et que
   voulez-vous ?

LA NOURRICE

Laissez-moi entrer et je vais vous dire.
Je suis une envoyée de Madame Juliette.

FRÈRE LAURENT

Alors, vous êtes la bienvenue.

Entre la nourrice.

LA NOURRICE

Oh, saint moine, oh, dites-moi, saint moine,
Où est le prince de ma dame, Roméo ?

FRÈRE LAURENT

À terre, ici, enivré de ses propres larmes.

LA NOURRICE

Oh, dans le même état que ma maîtresse,
Tout à fait dans le même état.

FRÈRE LAURENT

Quelle communion malheureuse,
Quelle situation pitoyable !

LA NOURRICE

Tout comme lui elle est là prostrée
À sangloter et pleurer, à pleurer et à sangloter.
Debout, voyons, debout, si vous êtes un homme,
Pour l'amour de Juliette, levez-vous et tenez-vous
     droit.
Pourquoi tomber dans cet abîme de plaintes ?

ROMÉO, *se levant.*

Nourrice !

LA NOURRICE

Ah, messire, messire, la mort finit tous les maux.

ROMÉO

Parlais-tu de Juliette ? Comment va-t-elle ?
N'est-ce pas son idée que je suis un vil assassin,
Maintenant que l'enfance de notre joie,
Je l'ai souillée d'un sang qui lui est si proche ?
Où est-elle ? Que devient-elle ? Et que dit-elle
De notre amour détruit, ma secrète épouse ?

LA NOURRICE

Oh, elle ne dit rien, monsieur, mais pleure et pleure,
Se jette sur son lit, et puis se relève,

Et appelle Tybalt, et pleure pour Roméo,
Et puis retombe encore.

ROMÉO

Tout comme si ce nom
Lancé par la volée mortelle d'un canon
L'avait assassinée, imitant la main
Qui tua son parent ! Oh, frère, dis-moi, dis-moi,
Dans quelle vile partie du corps
Loge mon nom ; que je puisse tout saccager
Dans sa détestable demeure !

> *Il veut se poignarder, et la nourrice lui*
> *prend son arme.*

FRÈRE LAURENT

Retiens ta main ivre de désespoir !
Es-tu un homme ? C'est vrai que ton aspect
    le proclame,
Mais tes larmes sont d'une femme et tes actes fous
Montrent la déraison furieuse d'une bête.
Femme malencontreuse sous l'apparence d'un homme,
Et bête monstrueuse sous cette hybride apparence !
J'en suis abasourdi ! Par mon saint Ordre,
Je te croyais d'un plus riche métal.
Tu as tué Tybalt. Veux-tu encore te tuer ?
Et tuer ta compagne, qui vit par toi,
En tournant contre toi ta haine damnable ?
Tu fais insulte à ta naissance, à la terre, au ciel,
Puisque naissance et terre et ciel se sont unis
D'emblée en toi que d'un seul coup tu voudrais perdre ?
Honte, honte ! Tu fais affront à ta beauté,
À ton amour et ton esprit, toi qui regorges

De tous ces biens, mais comme un usurier
N'use d'aucun de la façon qui ferait gloire
À ta beauté, à ton amour, à ton esprit !
Ton noble aspect n'est donc qu'un moule de cire
Dépourvu d'énergie virile ? Le grand amour
Que tu juras, ce n'est que parjure et mensonge
S'il tue ce cher objet que tu fis vœu de chérir,
Et ton esprit, cet ornement de la beauté
Et de l'amour, mais que tu as gauchi
En guidant l'un et l'autre, et si mal, ton esprit,
Comme la poudre dans la réserve d'un malhabile
   soldat,
Est mis à feu par ta propre ignorance
Et tu es démembré par ce qui devrait te défendre.
Allons, homme, ressaisis-toi. Ta Juliette est vivante,
Pour l'amour de laquelle tu te mourais à l'instant,
Et en cela tu es un homme heureux.
Tybalt voulait ta mort, tu l'as tué,
Et en cela tu es un homme heureux.
La loi te menaçait de mort, mais, amicale,
La transmue en exil, — et en cela encore
Tu es un homme heureux. Oui, les bénédictions
Pleuvent à verse sur ta tête, le bonheur
Dans ses plus beaux atours te courtise, mais toi,
Comme une fille maussade, mal élevée,
Tu boudes ta fortune et ton amour. Prends garde,
C'est ainsi que l'on meurt dénué de tout !
Allons, va retrouver ta bien-aimée
Comme il fut décidé. Monte à sa chambre,
Console-la. Mais veille à ne pas rester
Lorsque vient l'heure où l'on poste le guet,
Car tu ne pourrais plus rejoindre Mantoue
Où il faut que tu vives, jusqu'au moment

Que nous jugerons favorable
Pour proclamer vos noces, réconcilier
Vos familles, obtenir le pardon du prince
Et te rappeler — plus heureux un million de fois
Que tu ne pleurais en partant. Nourrice,
Passe devant. Salue de ma part ta maîtresse
Et dis-lui qu'elle précipite le coucher
De toute la maison, ce que facilite
Leur accablant chagrin. Roméo arrive.

LA NOURRICE

Oh, mon Dieu, je pourrais rester jusqu'à l'aube
À entendre vos bons conseils. Ce que c'est que
   la science !
Monseigneur, je vais dire à ma dame que vous venez.

ROMÉO

Fais-le, et dis à ma bien-aimée
De préparer ses reproches.

> *La nourrice fait mine de partir, mais revient.*

LA NOURRICE

Voici, monsieur, un anneau
Qu'elle m'a dit de vous remettre, monsieur.
Hâtez-vous, faites vite, il se fait terriblement tard.

Elle sort.

ROMÉO

Comme ceci ranime ma confiance !

FRÈRE LAURENT

Va ! Bonne nuit. Ta situation se résume ainsi :
Soit tu t'enfuis avant que le guet ne vienne,
Soit tu pars déguisé au lever du jour.
Reste à Mantoue. Je saurai trouver ton valet
Et il viendra t'instruire, de temps en temps,
De ce qu'il adviendra ici de favorable.
Donne-moi ta main… Il est tard. Adieu ! Bonne nuit.

ROMÉO

N'était la joie qui m'appelle, joie au-delà de la joie,
Je souffrirais de te quitter si vite.
Adieu.

Ils sortent.

SCÈNE IV

La demeure des Capulet.

Entrent le vieux CAPULET, LADY CAPULET *et* PARIS.

CAPULET

Tout a si mal tourné, seigneur,
Que nous n'avons pas eu le temps de préparer notre
  fille.
Comprenez, elle aimait tendrement son cousin Tybalt,
Et je l'aimais aussi… Enfin ! nous sommes nés pour
  mourir.
Il est bien tard. Elle ne va plus descendre ce soir.
N'était votre visite, je vous assure
Que je serais au lit depuis une heure moi-même.

PARIS

Le moment des soupirs ne favorise guère
Les soupirants... Bonne nuit, madame,
Faites mes compliments à votre fille.

LADY CAPULET

Oui, et demain matin, je la sonderai.
Ce soir, elle est murée dans sa souffrance.

> *Paris fait mine de partir. Capulet
> le rappelle.*

CAPULET

Seigneur Paris, je veux prendre le risque
De vous offrir l'amour de mon enfant.
Car je crois qu'elle entend, sur toutes choses,
Se laisser gouverner par mes avis. Que dis-je ?
Je ne puis en douter. Allez chez elle, ma femme,
Avant de vous coucher. Dites-lui à l'oreille,
Que le fils de mon cœur, Paris, est amoureux d'elle.
Et dites-lui, — écoutez-moi bien ! — que mercredi...
Doucement, quel jour sommes-nous ?

PARIS

Lundi, messire.

CAPULET

Ah bien, lundi ? Alors, ce serait trop tôt, mercredi.
Disons jeudi. — Dites-lui que jeudi
Elle sera mariée à ce noble comte...
Serez-vous prêt ? Cette hâte vous convient-elle ?
Nous ne ferons pas grande cérémonie,

Rien qu'un ami ou deux. Car, voyez-vous,
Le meurtre de Tybalt si récent encore,
On penserait que nous le traitons mal,
Lui, un proche parent, si nous bambochions.
Oui, nous n'aurons pas plus d'une demi-douzaine
　　d'amis,
Pas un de plus... Que pensez-vous de jeudi ?

PARIS

Monseigneur, je voudrais que ce soit demain.

CAPULET

Eh bien, allez-vous-en. Ce sera jeudi.
Passez chez Juliette, ma femme,
Avant d'aller au lit, et préparez-la
À ce jour de mariage. Adieu, monseigneur.
Holà, que l'on m'éclaire jusqu'à ma chambre.
Par Dieu, il est si tard que l'on va bientôt pouvoir dire
Qu'il est très tôt. Bonne nuit, bonne nuit.

Ils sortent.

SCÈNE V

La chambre de Juliette.

JULIETTE *et* ROMÉO, *près de la fenêtre.*

JULIETTE

Veux-tu partir ? Ce n'est pas encore le jour.
C'était le rossignol, non l'alouette,

Qui perçait le tympan craintif de ton oreille.
Il chante chaque nuit sous ce grenadier.
Crois-moi, mon bien-aimé, c'était le rossignol.

ROMÉO

C'est l'alouette, hélas, messagère du jour,
Et non le rossignol. Vois, mon aimée,
Quelles lueurs, là-bas, ourlent envieusement
Les nuages à l'est et les séparent.
Les flambeaux de la nuit se sont consumés et l'aube
    joyeuse
Touche du bout du pied le sommet brumeux des
    collines.
Je dois partir et vivre, ou rester et mourir.

JULIETTE

Cette lumière, là-bas ? Ce n'est pas le jour !
Je le sais, moi. C'est quelque météore
Qu'exhala le soleil pour qu'il te serve,
Cette nuit, de porte-flambeau, et qu'il te guide
Sur le chemin de Mantoue. Reste donc.
Point n'est besoin encore que tu partes.

ROMÉO

Que l'on me prenne et me fasse mourir !
Je le veux bien, si tu le veux toi-même.
Oui, ce gris des lointains, ce n'est pas le regard
    de l'aube,
C'est le pâle reflet du front de Cynthia, rien d'autre,
Et ce n'est pas l'alouette, dont les trilles
Frappent la voûte du ciel si haut par-dessus nos têtes.
J'ai plus désir de rester que volonté de partir.
Viens, mort, et sois la bienvenue, puisque Juliette
    le veut.

Comment vas-tu, mon âme ? Parlons, ce n'est pas le
   jour.

JULIETTE

Mais si, mais si ! Oh, va-t'en vite, pars, sauve-toi !
C'est l'alouette qui chante, et si mal, si faux,
Forçant sa voix criarde et discordante
À ces laides notes aiguës. L'alouette, dit-on,
Répand de douces harmonies. Ce n'est pas vrai,
Puisqu'elle brise la nôtre. Et l'on dit encore
Que l'alouette et le détestable crapaud
Ont échangé leurs yeux, — que n'ont-ils troqué
Leurs voix aussi, puisque cette voix nous alarme
Et délie notre étreinte et te chasse, en faisant sonner
Une fanfare à l'adresse du jour. Oh, sauve-toi !
Il fait de plus en plus clair.

ROMÉO

Oui, de plus en plus clair.
Et de plus en plus noires sont nos souffrances.

Entre précipitamment la nourrice.

LA NOURRICE

Madame !

JULIETTE

Nourrice.

LA NOURRICE

Madame votre mère vient vous trouver dans la chambre.
Il fait jour, soyez bien prudents, méfiez-vous.

Elle sort. Juliette verrouille la porte.

JULIETTE

Eh bien, fenêtre,
Laisse entrer le jour et sortir ma vie.

ROMÉO

Adieu, adieu ! Un baiser encore, et je saute.

Il descend par l'échelle.

JULIETTE

Tu pars, ainsi ? Mon amour, mon seigneur, mon
    époux, mon frère,
Je veux avoir des nouvelles de toi
Chaque jour de chaque heure, puisqu'il y aura tant
    de jours
Dans la moindre minute. Oh, à ce compte
Je serai une vieille femme
Avant que je revoie mon Roméo.

ROMÉO, *du verger.*

Adieu.
Je ne perdrai jamais une occasion
De t'envoyer mon salut, cher amour.

JULIETTE

Oh, penses-tu que nous nous reverrons ?

ROMÉO

J'en suis certain, et toutes ces souffrances
Seront nos doux propos dans nos années à venir.

JULIETTE

Oh, Dieu, j'ai l'âme prompte à prévoir le pire...
Il me semble, maintenant que tu es si bas,

Que tu es comme un mort au fond d'une tombe.
Ou bien mes yeux me trompent, ou tu es pâle.

ROMÉO

Croyez-moi, mon aimée, vous aussi me paraissez pâle.
La souffrance assoiffée boit notre sang. Adieu ! Adieu !

Il sort.

JULIETTE

Ô Fortune, Fortune, tous les hommes te disent
    une inconstante.
Mais s'il en est ainsi, qu'as-tu à faire avec lui
Qui est fameux pour sa fidélité ? Sois inconstante,
    Fortune,
Car je veux croire qu'alors tu ne le garderas pas
Et me le rendras vite.

LADY CAPULET, *derrière la porte.*

Eh bien, ma fille ! Êtes-vous levée ?

JULIETTE, *elle retire et cache l'échelle.*

Qui m'appelle ? Est-ce madame ma mère ?
A-t-elle veillé si tard, ou est-elle debout si tôt ?
Quel motif imprévu la conduit chez moi ?

> *Elle déverrouille la porte. Entre lady
> Capulet.*

LADY CAPULET

Eh bien, Juliette, comment vas-tu ?

JULIETTE

Je me sens mal, madame.

LADY CAPULET

Tu pleures donc toujours la mort de ton cousin ?
Veux-tu désagréger sa tombe de tes larmes ?
Le pourrais-tu qu'il ne revivrait pas.
Finis-en donc. Un chagrin raisonnable
Est signe de beaucoup d'amour,
Mais beaucoup de chagrin est signe de peu de sens.

JULIETTE

Laissez-moi cependant pleurer une perte si sensible.

LADY CAPULET

Ce sera ressentir d'autant plus la perte,
Sans retrouver celui que vous pleurerez.

JULIETTE

Je ressens si fort cette perte
Que je ne puis que le pleurer toujours.

LADY CAPULET

Crois-moi, tu pleures moins sa mort, ma fille,
Que de savoir en vie l'infâme qui l'a tué.

JULIETTE

Quel infâme, madame ?

LADY CAPULET

L'infâme Roméo.

JULIETTE

Entre un infâme et lui, il y a des lieues !
Dieu lui pardonne ! Je l'ai fait moi-même, de tout
    mon cœur...

Et pourtant nul autant que lui ne me déchire
    le cœur.

LADY CAPULET

Parce qu'il vit, l'assassin, le traître !

JULIETTE

Oui, madame, hors d'atteinte de mes mains.
Oh, je voudrais que nul autre que moi
Ne venge mon cousin.

LADY CAPULET

Ne crains rien, nous aurons notre vengeance.
Ne pleure plus. J'enverrai quelqu'un à Mantoue,
Où il vit maintenant, vagabond, proscrit,
Lui faire prendre une si bizarre mixture
Qu'il ira sur-le-champ tenir compagnie à Tybalt.
Et ainsi tu seras assouvie, j'espère.

JULIETTE

Assouvie, avec Roméo ? Je ne pourrai l'être,
Qu'en le voyant... Oui, mort — mort est mon pauvre
    cœur,
Torturé par le sort de mon parent.
Si seulement, madame, vous trouviez
Le porteur du poison, je préparerais le mélange
Et de telle façon que, l'ayant bu,
Roméo dormira en paix. Oh, que mon cœur abhorre
De l'entendre nommer sans pouvoir aller
    le rejoindre
Pour rassasier l'amour que j'ai... de mon cousin
Sur le corps de celui qui l'a fait mourir.

LADY CAPULET

Trouve, toi, le moyen, et moi je trouverai l'homme.
Mais maintenant, ma petite fille,
Que je te dise une joyeuse nouvelle !

JULIETTE

La joie est la bienvenue, en ces jours si sombres.
De quoi s'agit-il, je vous prie, madame ?

LADY CAPULET

Eh bien, eh bien, tu as un père plein de tendresse,
Mon enfant. Et pour t'arracher à ton affliction,
Il a imaginé une journée de joie
Que tu n'as pas prévue, et que je ne croyais pas
  si soudaine.

JULIETTE

À la bonne heure, madame. Ce sera quand ?

LADY CAPULET

Eh bien, ma fille, jeudi matin de bonne heure,
Ce jeune, noble et vaillant gentilhomme,
Le comte Paris, dans notre église Saint-Pierre,
Fera allègrement de toi sa joyeuse épouse.

JULIETTE

Par l'église Saint-Pierre et Pierre lui-même,
Il ne fera pas de moi sa joyeuse épouse !
Je m'étonne de cette hâte, et qu'il faille prendre
  un mari
Avant même que l'homme qui prétend l'être
Soit venu me faire la cour ! Je vous prie, madame,
De dire à mon seigneur et père que je ne veux

Pas me marier encore. Et quand je le voudrai,
Que ce soit avec Roméo, que je déteste, vous le savez,
Plutôt qu'avec Paris… Vraiment, la bonne nouvelle !

LADY CAPULET

Voici votre père, faites-lui vous-même votre réponse.
Voyez comment il la recevra.

Entrent Capulet et la nourrice.

CAPULET

Au coucher du soleil la rosée bruine
Mais quand tombe la nuit de mon neveu,
Il pleut des hallebardes.
Eh, quoi ? Une fontaine, ma fille ? Toujours en larmes ?
Une averse à n'en plus finir ?
Avec rien que ce petit corps
Tu représentes la barque et aussi la mer et le vent.
Car tes yeux, que j'appellerai la mer, sont agités
Du flux et du reflux des larmes ; et la barque, ton corps,
Va sur cette eau salée ; et les vents, tes soupirs,
Qui rivalisent de violence avec tes larmes,
À moins d'un soudain calme vont submerger
Ton corps battu de tempêtes. Eh bien, ma femme,
Lui notifiâtes-vous notre décision ?

LADY CAPULET

Oui, messire ; mais elle s'y refuse et vous remercie.
La sotte !
Je voudrais la voir mariée à sa tombe !

CAPULET

Doucement, je ne vous suis pas, je ne vous suis pas.

Comment ? Elle se refuse ? Elle ne songe pas à nous
  remercier ?
Elle n'en est pas fière ? Et ne se tient pas pour bénie,
Toute chétive qu'elle est, d'avoir, grâce à nous,
Décroché pour mari un si valeureux gentilhomme ?

JULIETTE

Fière, non ! Mais je vous sais gré de l'avoir voulu.
Ce qui me fait horreur, je n'en puis être fière,
Mais je vous sais gré de l'horreur que vous m'offrez
  par amour.

CAPULET

Comment, comment, inepte raisonneuse ?
Qu'est-ce que cela signifie ?
Et « fière » et « je vous sais gré » et en même temps
  « pas fière »
Et pas de gré… Ah, donzelle, petite garce,
Faites-moi grâce de vos grâces, épargnez-moi
  vos fiertés,
Mais veuillez exercer vos jolis mollets pour vous
  rendre
Jeudi, avec Paris, à l'église Saint-Pierre.
Car sinon je t'y porterai sur un chariot de supplice.
Hors d'ici, charogne blafarde, va-t'en, roulure,
Figure de carême !

LADY CAPULET

Allons, allons, perdez-vous l'esprit ?

JULIETTE

Mon cher père, à genoux je vous en supplie,
Écoutez-moi. Soyez patient. Seulement un mot.

CAPULET

Que le diable t'emporte, gourgandine,
Misérable ! Désobéir ! Écoute bien.
Tu seras jeudi à l'église, ou jamais plus
Ne t'avise de prendre place sur mon chemin !
Tais-toi, ne réplique pas, ne rétorque pas.
Femme, les doigts me démangent. Ce n'était guère
Dans notre esprit une bénédiction du ciel
Qu'il nous ait accordé cet unique enfant,
Mais je vois bien maintenant que celui-là même
  est de trop
Et que nous l'avons eu pour notre malheur.
Ah, va-t'en donc, putain !

LA NOURRICE

Que Dieu au ciel la bénisse !
Vous avez tort, monseigneur, de la rudoyer comme
  ça.

CAPULET

Et pourquoi donc, Madame Sagesse ?
Tenez votre langue, Mère Prudence.
Allez plutôt jacasser avec vos commères.

LA NOURRICE

Je n'ai rien dit que de franc.

CAPULET

Taratata ! Et bonsoir.

LA NOURRICE

On ne peut plus parler.

CAPULET

La paix, stupide radoteuse !
Va soulager ta conscience en buvant avec tes commères.
Nous n'avons pas besoin de ça par ici.

LADY CAPULET

Vous vous emportez trop.

CAPULET

Pain de Dieu ! Cela me rend fou. Le jour, la nuit,
Au travail comme au jeu, seul ou en société,
Mon unique souci fut de la marier comme il faut.
Et quand je lui procure un noble de haut lignage,
Pourvu de bonnes terres, jeune, éduqué comme
        un grand seigneur,
Bourré, comme l'on dit, des dons les plus méritoires,
Aussi parfait qu'on peut le vouloir,
Il faut que la pleurnicheuse, la sotte, la misérable,
La petite poupée geignarde, devant sa chance,
Me réponde : « Je ne veux pas me marier, je ne puis
        aimer,
Je suis trop jeune, je vous prie, veuillez m'excuser. »
Ah, je vais t'excuser, moi, si tu ne veux pas
        du mariage !
Tu iras paître où tu veux ; mais pas chez moi.
Penses-y, prends-y garde ; je n'ai pas coutume
        de plaisanter.
Jeudi n'est pas bien loin. La main sur le cœur, avise.
Si tu veux être ma fille je te donne à un mien ami,
Sinon, va te faire pendre. Va mendier, jeûner, crever
        dans les rues,
Car, sur mon âme, jamais je ne te voudrai reconnaître,

Jamais rien de mes biens ne te reviendra.
N'en doute pas et penses-y. Je tiendrai parole.

Il sort.

JULIETTE

N'y a-t-il pas de pitié dans les nues
Pour contempler le fond de ma douleur ?
Ô ma mère, ma tendre mère, ne me rejetez pas.
Retardez ce mariage d'un mois, d'une semaine
Ou, sinon, préparez ma couche nuptiale
Dans le noir monument où Tybalt repose.

LADY CAPULET

Ne me parle pas, car je n'ai rien à te dire.
Fais comme tu l'entends, j'en ai fini avec toi.

Elle sort.

JULIETTE

Ô mon Dieu ! Ô nourrice, comment empêcher cela ?
Mon époux est sur terre, ma foi au ciel,
Comment ma foi reviendrait-elle sur terre
À moins que mon mari ne me la retourne du ciel
En quittant lui-même la terre ? Conseille-moi,
　　soutiens-moi.
Hélas, hélas, se peut-il que le ciel tende des pièges
　　semblables
À une créature aussi chétive que moi.
Que dis-tu ? N'as-tu pas un mot de réconfort ?
Ranime-moi, nourrice.

LA NOURRICE

Ma foi, voici ce que je pense : ce Roméo
Est banni. Et je gage le monde entier

Qu'il n'osera jamais venir vous reprendre,
Ou, s'il le fait, ce sera bien sûr en cachette.
Alors, au point où en sont les choses,
Je pense qu'il vaut mieux que vous épousiez le comte.
Oh, c'est un charmant gentilhomme !
Roméo près de lui n'est qu'une lavette. Un aigle,
  madame,
N'a pas l'œil aussi vert, aussi vif, aussi amoureux[1]
Que le comte Paris. Que maudit soit mon cœur
Si je ne pense pas que c'est de la chance,
Ce deuxième mari, tant il surpasse
Votre premier... En tout cas, celui-ci est mort,
Ou autant vaudrait qu'il le soit, puisque vous restez
  à Vérone
Sans qu'il vous soit possible d'en profiter.

JULIETTE

Dis-tu cela du fond de ton cœur ?

LA NOURRICE

Et du fond de mon âme !
Sinon, maudits soient-ils, mon âme et mon cœur.

JULIETTE

Amen.

LA NOURRICE

Quoi ?

---

1. Pour traduire les connotations sexuelles attachées à l'idée
de l'œil « vert ».

JULIETTE

Eh bien, tu m'as merveilleusement consolée,
Va rejoindre ma mère et dis-lui que je suis allée,
Puisque j'ai contrarié mon père, me confesser
Devant Laurent, et me faire absoudre par lui.

LA NOURRICE

Sainte Vierge, j'y vais. Voilà qui est raisonnable.

Elle sort.

JULIETTE

Vieille diablesse ! Abominable monstre !
Quel est le pire péché, de me vouloir si parjure
Ou de dénigrer mon seigneur avec cette langue
Qui l'a porté aux nues tant et tant de fois ?
Va, conseillère !
Entre toi et mon cœur il n'y a plus rien.
Je vais trouver le frère et lui demander son remède.
Si tout me fait défaut j'ai le pouvoir de mourir.

Elle sort.

ACTE IV

SCÈNE I

La cellule de frère Laurent.

Entrent le FRÈRE *et le comte* PARIS.

FRÈRE LAURENT

Jeudi, monsieur ? C'est bien court.

PARIS

Mon père Capulet le désire aussi,
Et s'il veut faire vite,
Il n'y a rien en moi pour le modérer.

FRÈRE LAURENT

Vous dites ne rien savoir des sentiments de la jeune
    dame,
Tout cela n'est pas régulier, et ne me plaît pas.

PARIS

Elle pleure sans fin la mort de Tybalt,
Aussi je lui ai peu parlé d'amour,

Car Vénus ne rit pas dans la maison des larmes.
Mais son père, monsieur, voit quelque péril
Dans un tel abandon à la souffrance
Et, sagement, il veut hâter notre mariage
Pour arrêter le débordement de ses pleurs
Qui, augmenté par la solitude,
Pourrait être tari par ma société.
Vous comprenez maintenant pourquoi il faut faire vite.

FRÈRE LAURENT, *à part.*

Oh, je sais trop pourquoi
Il faudrait ralentir... *(Haut.)* Voyez donc, monsieur,
Voici que vient la jeune dame, à ma cellule.

Entre Juliette.

PARIS

Ma dame, mon épouse ! C'est une heureuse rencontre !

JULIETTE

Je serai votre épouse, monseigneur,
Quand je pourrai en être une.

PARIS

Ce « je pourrai » sera, jeudi prochain, mon amour.

JULIETTE

Ce qui doit être sera.

FRÈRE LAURENT

C'est écrit quelque part.

PARIS

Veniez-vous pour vous confesser à ce bon père ?

JULIETTE

Vous le dire serait me confesser à vous.

PARIS

N'allez pas démentir que vous m'aimez.

JULIETTE

Je vais vous confesser que je l'aime, lui.

PARIS

Ensuite, que vous m'aimez, j'en suis certain.

JULIETTE

Si je fais cet aveu,
Il vaudra d'être dit dans votre dos
Plutôt qu'en face de vous.

PARIS

Ta face à toi, pauvre âme,
A bien souffert de ces pleurs.

JULIETTE

Piètre victoire pour elles ! Car mon visage
Ne valait pas beaucoup avant leurs ravages.

PARIS

Avec ces mots tu l'offenses plus qu'elles !

JULIETTE

La vérité, monsieur, n'est pas calomnie :
À mon propre visage je puis la dire.

PARIS

Ton visage est à moi ; tu l'as calomnié.

JULIETTE

Peut-être bien. C'est vrai qu'il n'est pas à moi…
Avez-vous un instant, mon père ?
Ou dois-je revenir à l'heure de vêpres ?

FRÈRE LAURENT

J'ai ce loisir maintenant, mon enfant soucieuse…
Monseigneur, nous avons à rester seuls !

PARIS

Dieu me préserve de troubler vos dévotions !
Juliette, je viendrai jeudi vous réveiller de bonne
    heure.
Jusque-là, au revoir ! Et gardez ce chaste baiser.

Il sort.

JULIETTE

Oh, ferme cette porte, et vite, vite,
Viens pleurer avec moi ! Il n'y a plus d'espoir,
Plus de remède ni de ressources.

FRÈRE LAURENT

Je sais déjà ton malheur, Juliette.
Il passe le pouvoir de mon esprit.
J'ai appris que tu dois, sans délai possible,
Être jeudi prochain mariée à ce comte.

JULIETTE

Ne me dis pas, mon père, que tu l'as su
Sans m'enseigner comment je puis m'en défendre.
Si tu ne peux m'aider, toi qui es un sage,
Eh bien, dis seulement : ta décision est sage,

Et ce fer aussitôt l'exécutera.
Au cœur de Roméo Dieu a uni mon cœur,
Toi, tu unis nos mains ; et avant que la mienne,
Scellée à Roméo par toi, ne contresigne
Un nouveau parchemin ; avant qu'un cœur fidèle
En un traître sursaut ne forme un autre amour,
Ceci les détruira… Par conséquent,
De ta longue expérience tire vite
Quelque conseil : sinon, sinon, regarde,
Entre l'extrémité de ma souffrance et moi,
Ce couteau cruel sera juge, il décidera
D'un litige que ni ton art ni l'autorité de tes ans
N'auront su arbitrer selon l'honneur.
Ne tarde pas autant à parler. Il me tarde, à moi,
    de mourir
Si ce que tu vas dire ne m'apporte pas de remède.

FRÈRE LAURENT

Arrête, mon enfant ! J'entrevois l'ombre d'une
    espérance,
Mais qui exige les ressources d'un désespoir
Égal à l'affliction que nous voulons vaincre.
Si, plutôt qu'épouser le comte Paris,
Tu as la force d'âme de vouloir te faire périr,
Alors, tu es capable, je le crois bien,
D'actes semblables à la mort, pour écarter
Ce déshonneur, toi qui pour t'y soustraire
Envisages la mort. Oseras-tu ?
Alors, voici le remède.

JULIETTE

Oh, plutôt qu'épouser Paris, commande-moi
De sauter du plus haut des créneaux d'une tour,

Ou d'errer dans les rues du crime. Mande-moi
De me cacher parmi des serpents. Rive-moi
Avec des ours grondants, enferme-moi
De nuit dans un charnier empli jusqu'au faîte
Des os s'entrechoquant des morts, tibias fétides,
Crânes jaunâtres sans mâchoire… Commande-moi
D'aller dans une tombe creusée de frais
Me coucher près d'un mort sous son linceul !
Tout cela, j'ai frémi quand on le raconte et pourtant
Je le ferais sans crainte ni défaillance
Pour garder son épouse à mon cher amour.

FRÈRE LAURENT

Écoute donc ! Rentre à la maison, sois joyeuse,
Accepte d'épouser Paris. Est-ce demain mercredi ?
Bien, veille demain soir à te coucher seule,
Éloigne la nourrice de ta chambre,
Prends cette fiole et, une fois au lit,
Bois la liqueur qui y est distillée
Et qui va aussitôt, dans tes veines, répandre
Un fluide engourdissant et froid. Son mouvement
Naturel suspendu, ton pouls s'arrêtera.
Ni souffle ni chaleur n'attesteront que tu vis.
Les roses de tes lèvres et de tes joues
Deviendront cendre livide, et les volets de tes yeux
S'abaisseront comme si la mort les fermait
Au soleil de la vie. Chaque partie du corps,
Privée de sa souplesse, se fera
Roide, dure et glacée comme dans la mort.
Sous cet aspect d'emprunt de cadavre sec
Tu resteras quarante-deux heures de suite,
Pour t'éveiller enfin comme d'un doux sommeil.
Mais, quand viendra le fiancé, au matin,

Te tirer de ton lit, il te trouvera morte
Et, comme il est d'usage dans notre ville,
Dans ta plus belle robe, à découvert,
On te transportera dans l'antique caveau
Où tous les Capulet reposent... Pendant ce temps,
Bien avant que tu ne t'éveilles, Roméo
Apprendra par mes lettres notre plan,
Il viendra jusqu'ici. Et lui et moi
Épierons ton réveil ; et la même nuit, Roméo
T'emportera loin d'ici, à Mantoue.
Voilà qui va te libérer de ton indignité d'à présent,
Si nul caprice futile, nulle frayeur féminine
N'abattent ton courage au moment d'agir.

JULIETTE

Oh, donne-moi, donne-moi ! Ne parle pas de frayeur !

FRÈRE LAURENT

Prends donc et va. Sois forte, et fortunée
Dans ta résolution. Moi, j'envoie vite un frère
À Mantoue, avec une lettre pour ton seigneur.

JULIETTE

Que l'amour me donne des forces et ces forces me
    sauveront.
Adieu, mon tendre père.

Ils sortent.

SCÈNE II

La maison des Capulet.

Entrent CAPULET, LADY CAPULET,
la NOURRICE *et deux ou trois* SERVITEURS.

CAPULET

Invite tous ces gens qui sont notés là sur la liste,

Un serviteur sort.

Et toi, maraud, va m'engager vingt cuisiniers experts.

LE SERVITEUR

Vous n'en aurez pas de médiocres, monsieur, car je véri-
fierai qu'ils savent bien se lécher les doigts.

CAPULET

Comment entends-tu cela ?

LE SERVITEUR

Dame, monsieur, c'est un bien mauvais cuisinier, celui
qui ne sait pas se lécher les doigts. Alors, celui qui ne
sait pas se lécher les doigts, eh bien, ce n'est pas mon
homme.

CAPULET

Allons, va.

Il sort.

Cette fois nous allons être pris de court. Eh bien,
Ma fille est-elle allée chez frère Laurent ?

LA NOURRICE

Oh, sûr que oui.

CAPULET

Bon, il n'est pas exclu qu'il exerce sur elle
Une heureuse influence. Petite garce,
Volontaire et butée comme pas une !

Entre Juliette.

LA NOURRICE

Voyez-la qui revient de confesse, l'air réjoui.

CAPULET

Eh bien, tête de bois, où étais-tu à courir ?

JULIETTE

Là où l'on m'a appris à me repentir
De ce péché, mon refus de m'astreindre
À vos commandements ; il m'a été prescrit
Par le saint frère Laurent de me jeter à vos pieds
Pour implorer pardon. Oh, pardon, je vous prie,
En tout je vous obéirai, dorénavant.

CAPULET

Trouvez le comte, prévenez-le.
Je veux que ce nœud-là soit noué dès demain matin.

JULIETTE

J'ai rencontré ce jeune seigneur
À la cellule de Laurent, et je lui ai montré

Autant d'amour qu'il est convenable
Dans les étroits confins de la modestie.

CAPULET

Eh bien, j'en suis content. C'est bien, relève-toi,
Tout va comme il le faut. Voyons, voyons, le comte...
Mais oui, parbleu, allez le chercher, vous disais-je.
Ah, par le ciel, le saint, le révérend frère !
Vraiment, toute la ville lui doit beaucoup.

JULIETTE

Venez-vous avec moi dans ma penderie, nourrice,
Pour m'aider à choisir ce qu'il me faut de parure
À votre avis, pour demain ?

LADY CAPULET

Non, pas avant jeudi. Nous avons le temps.

CAPULET

Va avec elle, nourrice. Nous irons demain à l'église.

Sortent la nourrice et Juliette.

LADY CAPULET

Nous serons pris de court pour tout préparer.
Il fait déjà presque nuit.

CAPULET

Bah, je vais me remuer,
Et tout ira fort bien, je te l'assure, ma femme.
Toi, va près de Juliette, aide-la à se faire belle.
Je ne me couche pas ce soir. Laisse-moi faire.
Pour cette fois je joue à la ménagère. Holà, ho !

Tous partis ? Soit, j'irai moi-même, moi-même
Préparer le comte Paris à la journée de demain.
C'est étonnant comme mon cœur est plein d'allégresse
Depuis que s'est rendue ma petite rebelle.

Ils sortent.

SCÈNE III

La chambre de Juliette.

Entrent JULIETTE *et la* NOURRICE.

JULIETTE

Oui, ces vêtements-là sont les plus jolis.
Mais, ma douce nourrice,
Je te prie cette nuit de me laisser seule
Car j'ai besoin de beaucoup prier, tu le sais,
Pour obtenir du ciel qu'il me sourie
Dans cette situation difficile, et impure.

Entre lady Capulet.

LADY CAPULET

Vous êtes occupées ? Avez-vous besoin de mon aide ?

JULIETTE

Non, madame,
Nous avons décidé de toutes les choses
Qu'il faut pour notre fête de demain.
Aussi, je vous en prie, laissez-moi seule
Et laissez la nourrice veiller ce soir près de vous

Car vous avez, j'en suis sûre, bien du travail sur
    les bras
Dans une occasion si pressante.

LADY CAPULET

Bonne nuit.
Couche-toi et dors bien, tu en as besoin.

Elle sort, avec la nourrice.

JULIETTE

Adieu !
Quand nous reverrons-nous ? Dieu seul le sait.
Je sens un vague frisson de peur
S'épandre dans mes veines et glacer presque
La chaleur de ma vie... Je vais les rappeler
Pour qu'elles me rassurent. Ma nourrice !...
Que ferait-elle ici ? Cette scène lugubre,
Je dois la jouer seule... Le flacon !
Oh, si cette mixture n'agissait pas ?
Serais-je alors mariée, demain matin ?
Non, non ! Ceci l'empêcherait.
Toi, reste ici...

Elle pose un poignard près d'elle.

Ou si c'était un poison que le frère
M'administre sournoisement, pour que je meure,
Craignant d'être déshonoré par ce mariage,
Lui qui m'unit d'abord avec Roméo ?
J'en ai peur... Et pourtant je ne puis le croire
Car il s'est révélé un saint homme, toujours.
Oh, que faire, quand je serai dans cette tombe,
Si je m'éveille avant que Roméo ne vienne

M'en délivrer ? Dieu, l'idée est horrible.
N'étoufferai-je pas dans cette crypte
Dont la bouche infecte jamais n'a respiré d'air salubre,
N'y mourrai-je pas, asphyxiée, avant que mon
      Roméo n'arrive,
Ou, si je vis, n'est-il pas probable
Que l'horrible impression de mort et de nuit,
Renforcée par l'horreur qu'inspire le lieu...
Cet antique sépulcre, ce réceptacle
Où depuis tant de siècles sont entassés
Les os de mes ancêtres ensevelis ;
Où Tybalt encore sanglant bien qu'en terre fraîche,
Pourrit dans son linceul ; et où, dit-on,
À certaines heures de nuit les esprits reviennent !
— Oh oui, hélas, hélas, n'est-il pas probable
Qu'en m'éveillant trop tôt — ah, s'il est un éveil
Dans ces odeurs infectes, ces cris stridents
De mandragore arrachée à la terre
Qui rendent fous les mortels qui entendent !
— Probable, oui, que j'en perdrai la tête
Environnée de toutes ces horreurs ;
Et ne jouerai-je pas, comme une folle,
Avec les ossements de mon ascendance ?
Ne tirerai-je pas Tybalt de son suaire,
Tybalt déchiqueté ? Et prenant pour massue
Dans ma fureur un os de quelque grand ancêtre,
N'en briserai-je pas ma cervelle égarée ?
Que vois-je ? N'est-ce pas le spectre de mon cousin
Poursuivant Roméo, qui l'embrocha
Sur la pointe de son épée ? Arrête, Tybalt, arrête !
J'arrive, Roméo ! C'est à toi que je bois ceci.

            Elle tombe sur son lit, derrière les rideaux.

SCÈNE IV

Une salle de la maison des Capulet.

Entrent LADY CAPULET *et la* NOURRICE
avec des herbes.

LADY CAPULET

Tiens, prends ces clés, nourrice, et trouve-moi d'autres
  épices.

LA NOURRICE

Les pâtissiers réclament des coings et des dattes.

Entre le vieux Capulet.

CAPULET

Activez, activez ! C'est le second cri du coq,
Le bourdon a sonné, il est trois heures.
Surveille les pâtés, ma bonne Angélique,
N'économise pas !

LA NOURRICE

Allez, allez, monsieur notre gouvernante,
Allez vous mettre au lit ! Vous serez malade, demain,
D'avoir veillé toute cette nuit, croyez-moi !

CAPULET

Pas du tout ! J'ai déjà passé des nuits blanches
Pour bien moins que cela. Et pas malade.

LADY CAPULET

Oui-da, du temps que vous chassiez la souris.
Mais j'y veillerai désormais, à cette sorte de veille.

Elle sort avec la nourrice.

CAPULET

Jalousie ! Jalousie !

*Entrent trois ou quatre serviteurs portant
des broches, des bûches et des paniers.*

Eh, mon ami, qu'est-ce là ?

PREMIER SERVITEUR

C'est pour le cuisinier, monsieur. Un je ne sais quoi.

CAPULET

Vite, vite !

Sort le premier serviteur.

Et toi, maraud, va chercher des bûches plus sèches.
Appelle Pierre, il va te dire où elles se trouvent.

SECOND SERVITEUR

J'ai la tête qu'il faut pour faire la nique aux bûches.
Pas besoin de déranger Pierre, monsieur.

CAPULET

Par la messe, bien répondu ! Ha, le joyeux fils
   de pute !
Je te nomme le roi des bûches.

Sort le second serviteur.

Diable, il fait jour !
Le comte avec ses musiciens sera là bientôt,
Comme il l'a dit… *(Musique.)* Je l'entends qui vient.
Nourrice ! Femme ! Holà ! Nourrice ? Je t'appelle.

Entre la nourrice.

Va réveiller Juliette ; aide-la à se préparer.
Moi, je retiens le comte en bavardant. Ouste, fais vite,
Oui, le marié est déjà là, fais vite.
Fais vite, je te dis !

Ils sortent.

SCÈNE V

La chambre de Juliette.

Entre la NOURRICE.

LA NOURRICE

Maîtresse ! Ho, ma maîtresse ! Elle en écrase, je vous
   le dis.
Eh, mon agneau ! Eh, madame ! Fi, la vilaine
   marmotte !
Vous m'entendez, ma chérie ? Allons, madame, mon
   petit cœur,
Eh, la mariée ! Quoi, pas une réponse ?
Vous en prenez votre saoul, maintenant ? Oui, dormez
Pour toute la semaine,
Car je vous le promets, cette nuit qui vient,
Le comte Paris va jouer à fond,
Vous ne reposerez pas. Dieu me pardonne !

Sainte Vierge, Jésus, comme elle dort !
Il faut pourtant que je la réveille. Madame, madame,
    madame !
Voulez-vous que le comte vous prenne au lit ?
C'est lui qui vous ferait sauter, non ? Ma parole !

Elle écarte les rideaux.

Comment, tout habillée ? Dans votre robe, et puis
    recouchée ?
Il faut que je vous réveille. Madame, madame,
    madame !
Hélas, hélas ! Au secours ! ma maîtresse est morte !
Oh, maudit soit le jour où je suis née !
De l'eau-de-vie ! Monseigneur ! Madame !

Entre lady Capulet.

LADY CAPULET

Qu'est-ce que tout ce bruit ?

LA NOURRICE

Ô lamentable jour !

LADY CAPULET

Que se passe-t-il ?

LA NOURRICE

Voyez, voyez ! Oh, le terrible jour !

LADY CAPULET

Oh, Dieu, Dieu ! Mon enfant, toute ma vie !
Ranime-toi, rouvre les yeux ou je vais mourir avec toi.
Au secours, au secours ! Appelle au secours !

Entre Capulet.

CAPULET

Que diable, amenez donc Juliette : son seigneur
  et maître est ici.

LA NOURRICE

Elle est morte, elle est décédée. Elle est morte,
  malheureux jour !

LADY CAPULET

Malheureux jour ! Elle est morte, morte, morte !

CAPULET

Ah, laissez-moi la voir. C'est fini, hélas, elle est froide.
Son sang s'est arrêté, ses membres sont raides,
La vie depuis longtemps a quitté ses lèvres.
La mort est sur son corps, comme un gel précoce
Sur la plus douce fleur de tout le vallon.

LA NOURRICE

Ô lamentable jour !

LADY CAPULET

Ô temps du désespoir !

CAPULET

La mort qui me l'a prise afin que je me lamente,
Me lie la langue et ne me laisse rien dire.

*Entrent le frère et le comte avec des
musiciens.*

FRÈRE LAURENT

Eh bien, notre mariée,
Est-elle prête à se rendre à l'église ?

CAPULET

Prête à s'y rendre, mais pour n'en jamais revenir.
Ô mon fils, la nuit d'avant ton mariage,
L'Ange de la mort a couché
Avec ta femme. Elle est là, gisante,
Cette fleur qu'elle était, il l'a déflorée,
L'Ange de la mort est mon gendre, mon héritier,
Le mari de ma fille ! Je veux mourir,
Lui laissant tout : ma vie, mon train de vie,
Que tout aille à la mort !

PARIS

N'ai-je tant désiré ce jour
Que pour le voir m'offrir un pareil spectacle ?

LADY CAPULET

Jour maudit, malheureux, misérable, haïssable !
Heure la plus atroce que le temps
Ait jamais rencontré dans le pénible cours
De son pèlerinage ! Oh, n'avoir qu'un enfant,
Un seul et pauvre et affectueux enfant
En qui se réjouir et se consoler,
Et que la mort cruelle vienne l'arracher de mes bras !

LA NOURRICE

Ô malheur ! Ô malheureux jour ! Ô malheureux !
Très lamentable jour, le plus malheureux
Que j'aie jamais connu, jamais, jamais !

Ô jour, ô jour, ô jour, ô jour odieux !
Jamais on n'aura vu un jour aussi noir.
Jour de malheur, de malheur !

PARIS

Trompé, divorcé, lésé,
Outragé et assassiné ! Très détestable mort,
C'est toi qui m'as trompé, toi, cruelle, cruelle,
Qui m'as anéanti ! Oh, mon amour, ma vie !
Non plus certes la vie, mais l'amour dans la mort.

CAPULET

Méprisé, affligé, haï,
Persécuté, tué ! Ô sinistre moment,
Pourquoi es-tu venu mettre à mort notre fête,
Oui, mettre à mort ! Mon enfant, mon enfant,
Mais non, plus mon enfant : mon âme — tu es morte !
Malheur à moi, mon enfant est morte,
Et avec mon enfant mes joies sont enterrées.

FRÈRE LAURENT

Silence, par pudeur ! Le remède de ce désastre
N'est pas dans ce chaos. Le ciel et vous,
Vous partagiez cette belle enfant ; désormais
Le ciel l'a toute à lui, et pour elle cela vaut mieux.
Puisque vous ne pouviez la garder de mourir
Tandis qu'en éternelle vie les puissances du ciel la
    gardent.
Le plus que vous vouliez, c'était son triomphe,
C'était tout votre ciel qu'elle s'élevât,
Et vous pleurez, à l'heure où elle s'élève
Au-dessus des nuages, et jusqu'au ciel !
Oh, en l'aimant ainsi, vous l'aimez si mal

Que vous devenez fous de la voir heureuse.
C'est une mal mariée, celle qui le reste longtemps,
La mieux mariée, c'est celle qui meurt jeune.
Séchez vos pleurs, posez vos branches de romarin
Sur ce beau corps, et, selon la coutume,
Dans ses plus beaux atours faites-la porter à l'église.
Notre faible nature nous contraint de verser des larmes,
Mais ces larmes de la nature sont le rire de la raison.

CAPULET

Tout ce que nous avions arrangé pour la fête
Va se prêter aux noires funérailles.
Nos instruments au glas mélancolique,
Notre festin de noces au triste repas de deuil
Et, nos chants solennels changés en hymnes funèbres,
Nos fleurs nuptiales jetées avec son corps dans la tombe,
Tout va se transformer en son contraire.

FRÈRE LAURENT

Retirez-vous, seigneur ; et vous-même, madame,
Suivez-le, et vous aussi bien, comte Paris.
Que chacun se prépare à accompagner
Cette belle dépouille jusqu'à sa tombe.
Le ciel tourne vers vous, pour quelque outrage,
Un regard courroucé. Ne l'irritez pas davantage
Par votre rébellion contre son suprême vouloir.

> *Tous, sauf la nourrice et les musiciens,
> sortent, après avoir jeté du romarin sur
> Juliette, et avoir fermé les rideaux.*

PREMIER MUSICIEN

Eh bien, autant rentrer nos flûtes et déguerpir.

LA NOURRICE·

Ah, faites-le, faites-le, bons amis,
Car, vous voyez, c'est une triste affaire.

PREMIER MUSICIEN

Ma foi, oui, ça pourrait aller un peu mieux.

> *Sort la nourrice.*
> *Entre Pierre.*

PIERRE

Oh, musiciens, musiciens ! « Gai le cœur », « Gai le cœur » !
Si vous voulez que je vive, il faut me jouer « Gai le cœur ».

PREMIER MUSICIEN

Et pourquoi « Gai le cœur » ?

PIERRE

Ô musiciens, parce que mon cœur à moi, il me joue :
« Mon cœur a tant de peine. » Oh oui, jouez-moi quelque joyeuse complainte, pour me consoler.

PREMIER MUSICIEN

Pas de complainte. Ce n'est pas le moment de jouer.

PIERRE

Alors, vous ne voulez pas ?

PREMIER MUSICIEN

Non.

PIERRE

Alors, je vais vous en donner, et solide.

PREMIER MUSICIEN

De quoi vas-tu nous donner ?

PIERRE

Non de l'argent, par ma foi, mais de la réputation ! Je vous donnerai du racleur de manche.

PREMIER MUSICIEN

Et moi je te donnerai du cireur de bottes.

PIERRE

Dans ce cas, je te planterai mon couteau de cireur de bottes dans la caboche. Pas question d'encaisser vos doubles-croches. Vous connaîtrez mon mi et mon fa. Tu prends note ?

PREMIER MUSICIEN

Donnez-nous plutôt le la, qu'on reçoive une fausse note.

SECOND MUSICIEN

S'il vous plaît, rentrez ce couteau, montrez-nous plutôt votre esprit.

PIERRE

En garde, alors, contre mon esprit ! Je vais vous assommer avec mon esprit de bois, en rengainant mon couteau de fer. Répondez-moi comme des hommes :

Quand le cœur est blessé d'un poignant chagrin,
Et l'esprit accablé d'une morne tristesse,
Voici que la musique aux sons argentins…

Pourquoi des « sons argentins » ? Pourquoi « musique aux sons argentins » ? Tu peux me le dire, Simon du Boyau des Chats ?

PREMIER MUSICIEN

Eh, monsieur, c'est que l'argent a un son bien agréable.

PIERRE

Pas mal. Et qu'en dis-tu, Hugues Le Rebec ?

DEUXIÈME MUSICIEN

Les sons, je dis que c'est argentin, puisque les musiciens les produisent pour de l'argent.

PIERRE

Pas mal non plus. Et qu'en dis-tu, Jacques du Crincrin ?

TROISIÈME MUSICIEN

Ma foi, je ne sais que dire.

PIERRE

Oh, je te demande pardon : j'oubliais que tu es chanteur. Je vais le dire pour toi. C'est « la musique aux sons argentins », parce que vous autres, les musiciens, n'avez jamais d'or à faire tinter.

> Voici que la musique aux sons argentins
> Nous rend bientôt l'allégresse.

Il sort.

PREMIER MUSICIEN

Le puant larbin !

DEUXIÈME MUSICIEN

Qu'il aille se faire pendre ! Viens, entrons là, on va attendre le cortège... et on restera à dîner.

Ils sortent.

ACTE V

SCÈNE I

Mantoue. Une rue.

Entre ROMÉO.

ROMÉO

Si j'en peux croire le sommeil, aux assurances
    flatteuses
Mes rêves me prédisent pour bientôt
Quelque heureuse nouvelle ; le souverain de mon cœur[1]
Est en paix sur son trône ; et tout le jour
Un inusuel entrain m'a soulevé
Par de riantes pensées. J'ai rêvé que venait ma dame,
Qu'elle me trouvait mort — étrange rêve
Qui laisse au mort le pouvoir de penser ! —
Mais qu'elle m'insufflait tant de vie par ses baisers sur
    mes lèvres
Que je ressuscitais et devenais empereur.

1. L'amour.

Ah, qu'il doit être doux de posséder son amour,
Si l'ombre seulement en est si riche de joies !

> *Entre Balthazar, le valet de Roméo.*

Des nouvelles de Vérone !... Eh bien, Balthazar ?
Ne m'apportes-tu pas un billet du moine ?
Qu'en est-il de ma dame ? Est-ce que mon père
  va bien ?
Comment se porte Juliette ? Je reviens à cette
  question,
Car rien ne peut aller mal si ma Juliette va bien.

BALTHAZAR

Elle va bien, dans ce cas, et rien ne peut aller mal.
Son corps repose dans le sépulcre des Capulet,
Et son âme immortelle a rejoint les anges.
Je l'ai vue déposée dans le caveau de ses pères
Et j'ai pris aussitôt la route pour vous le dire.
Oh, mon maître, pardonnez-moi de vous apporter
  ces déplorables nouvelles
Puisque vous m'en aviez confié la mission.

ROMÉO

C'est ainsi ? Alors, étoiles, je vous défie !
Tu sais où je demeure ? Va me chercher du papier, de
  l'encre,
Et louer des chevaux ; je pars ce soir.

BALTHAZAR

Je vous en prie, monsieur, prenez ce mal en patience.
Vous êtes pâle, vous avez l'air égaré,
Cela présage un malheur.

ROMÉO

Bah, tu te trompes.
Laisse-moi, accomplis ce que je t'ai dit de faire.
Tu n'as donc pas de lettres du moine ?

BALTHAZAR

Non, monseigneur.

ROMÉO

Peu importe ! Va vite,
Et loue-moi ces chevaux. Je te rejoins.

Sort Balthazar.

Bien, Juliette, je serai couché près de toi ce soir.
Avisons aux moyens. Ô science de détruire,
Tu viens vite à l'esprit des désespérés.
Je me souviens d'un apothicaire, qui loge
Tout près d'ici. Je le remarquais, récemment,
Pour ses haillons, ses sourcils en broussaille,
Comme il triait des simples. Il montrait sa maigreur
Et que l'âpre misère l'avait usé jusqu'aux os.
Dans sa pauvre boutique pendait l'écaille d'une tortue
Avec un crocodile empaillé et des peaux
De poissons aux formes bizarres ; sur les rayons,
Un sordide ramas de boîtes vides,
De pots de terre verdâtres, de vessies, de graines
     moisies,
De débris de ficelles, de vieux pains de feuilles de roses,
Était épars en façon d'étalage.
Voyant ce dénuement, je me suis dit :
Si quelqu'un a besoin d'un poison, maintenant
Que la vente à Mantoue en est punie de mort,

Voici un pauvre diable qui pourrait bien le lui vendre.
Eh bien, cette pensée anticipait mon besoin
Et c'est ce besogneux qui va me vendre la drogue.
Si je me souviens bien, ce doit être ici sa maison.
Comme c'est fête aujourd'hui, le gueux a fermé
    boutique.
L'apothicaire, holà !

Entre l'apothicaire.

L'APOTHICAIRE

Qui appelle si fort ?

ROMÉO

Viens ici, mon ami. Je vois que tu es pauvre,
Tiens, voici quarante ducats ; mais donne-moi
Ce qu'il faut de poison… Je le veux tel
Qu'il passe dans les veines si promptement
Que l'homme désépris de vivre tombe mort.
Mais non sans que son souffle troue sa poitrine
Avec autant de violence
Que dans la mise à feu la poudre explosive
En a pour fuir le terrible canon.

L'APOTHICAIRE

J'ai de ces drogues funestes. Mais à Mantoue
La loi punit de mort ceux qui les dispensent.

ROMÉO

Peux-tu être si nu, si dénué,
Et craindre de mourir ? La faim mange tes joues,
Le besoin et la peur dévorent tes yeux,
Le mépris, pauvre gueux, pèse sur ton dos,

— Le monde, ni sa loi, ne te souffrent guère.
Le monde, dans sa loi, ne t'enrichit pas.
Alors, refuse-la, prends ceci, cesse d'être pauvre.

L'APOTHICAIRE

Ma pauvreté dit oui, contre ma volonté.

ROMÉO

Je paie ta pauvreté, non ta volonté.

L'APOTHICAIRE

Versez ceci dans le liquide de votre goût,
Et buvez tout. Alors, eussiez-vous la force
De vingt hommes, ça vous expédiera.

ROMÉO

Voici ton or, — c'est pour l'âme un poison bien pire,
Qui porte plus de mort dans ce monde vil
Que ces pauvres mixtures que l'on t'empêche
    de vendre.
C'est moi qui ai vendu le poison, c'est moi seul.
Adieu ; achète de la viande, prends du poids.

Sort l'apothicaire.

Et toi, cordial et non poison, viens avec moi
Au tombeau de Juliette, car c'est là
Que je dois t'employer.

Il sort.

SCÈNE II

Vérone. La cellule de frère Laurent.

Entre FRÈRE JEAN.

FRÈRE JEAN

Saint frère franciscain ! Holà, mon frère !

Entre frère Laurent.

FRÈRE LAURENT

Ce doit être la voix de frère Jean.
Tu es le bienvenu, toi qui reviens de Mantoue.
Que t'a dit Roméo ? M'aurait-il écrit ?
Dans ce cas, donne-moi sa lettre.

FRÈRE JEAN

J'étais allé chercher, pour qu'il m'accompagne,
Un frère déchaussé de notre ordre, qui est en ville
À visiter les malades ; et je l'ai rejoint.
Mais les inspecteurs de Vérone,
Suspectant que le lieu où nous nous trouvions
Était la proie de la peste,
En ont scellé la porte, en nous empêchant de sortir...
Ma course vers Mantoue s'est arrêtée là.

FRÈRE LAURENT

Alors, qui a porté ma lettre à Roméo ?

FRÈRE JEAN

Je n'ai pu l'envoyer — la voici encore —
Tant la contagion était redoutée,
Ni trouver de porteur qui te la remette.

FRÈRE LAURENT

Contretemps désastreux ! Par mon saint Ordre,
Ce n'était pas un pli de pure forme,
Mais lourd de conséquence, et l'avoir négligé
Peut causer bien des maux. Va me chercher,
   frère Jean,
Un bon levier de fer, et apporte-le-moi
Ici dans ma cellule, tout de suite !

Sort frère Jean.

Il faut donc qu'au caveau je me rende seul.
D'ici trois heures la belle Juliette va s'éveiller
Et certes me maudire de n'avoir pas
Averti Roméo des événements de Vérone.
Mais je vais écrire à Mantoue une fois encore
Et je la garderai dans ma cellule
Jusqu'à ce que Roméo vienne. Pauvre morte
   vivante,
Murée dans le tombeau avec un mort !

Il sort.

SCÈNE III

*Vérone. Un cimetière où se dresse
le monument funéraire des Capulet.*

Entrent PARIS *et son* PAGE,
portant des fleurs et une torche.

PARIS

Donne la torche, petit. Éloigne-toi,
Reste à l'écart... Ou plutôt, éteins-la,
Car je crains d'être vu. Sous ces cyprès, là-bas,
Tu vas t'étendre et plaquer ton oreille
Contre la terre creuse. Ainsi nul pas
Ne foulera le sol du cimetière,
Qui est friable et mou de tant de tombes,
Sans que tu ne l'entendes. Siffle, alors,
Pour m'avertir qu'on vient. Donne-moi les fleurs.
Fais ce que je te dis : éloigne-toi.

LE PAGE, *à part.*

J'ai un peu peur de rester seul, ici au cimetière.
Mais je vais m'y risquer.

Il se retire.

PARIS

Douce fleur, j'ai jonché de fleurs ton lit nuptial
— Hélas, le dais n'en est que terre et pierres —
Et chaque nuit je les humecterai d'eau parfumée

Ou, sinon, de ces pleurs que distilleront mes sanglots.
Voici le rite funèbre que pour toi je veux observer :
Fleurir ta tombe et pleurer, chaque nuit.

Le page siffle.

Mon page m'avertit que quelqu'un approche.
Quels pas maudits s'égarent par ici,
Pour contrarier les rites funéraires
De mon amour, cette nuit ?
Quoi, avec une torche ? Ô ténèbre nocturne,
Enveloppe-moi un instant.

Il se retire.
Entrent Roméo et Balthazar, munis d'une
torche, d'un pic, d'un levier de fer.

ROMÉO

Donne-moi le pic, le levier,
Et, tiens, prends cette lettre. Demain, très tôt,
Aie soin de la remettre à mon noble père...
Passe-moi la lumière. Sur ta vie,
Quoi que tu voies, quoi que tu entends, je t'ordonne
De rester à l'écart et de ne pas m'interrompre.
Si je descends dans cet antre de mort,
C'est pour revoir les traits de ma bien-aimée,
Mais surtout pour reprendre à son doigt inerte
Une bague précieuse, une bague que je destine
À un emploi qui m'est cher. Tu t'en vas donc.
Mais si tu revenais, soupçonneux, pour épier
Ce que je me propose de faire ensuite,
Par le ciel ! Je romprais ta carcasse en mille morceaux
Et je joncherais de tes membres ce cimetière affamé.
L'heure et mes intentions sont épouvantables

Et bien plus implacables et plus farouches
Que le tigre affamé ou la fureur de la mer !

BALTHAZAR

Je pars, seigneur, je ne veux pas vous déranger.

ROMÉO

Et ainsi tu me montreras de l'amitié. Tiens, prends ceci,
Vis, mon brave garçon, et sois heureux. Adieu.

BALTHAZAR, *à part.*

Ça ne fait rien, je vais me cacher par là.
Son aspect me fait peur, ses intentions m'inquiètent.

Il se retire.

ROMÉO

Ô détestables gueule et ventre de la mort
Qui vous êtes repus de ce que notre terre
Avait de plus précieux ! Voici comment je force
Vos mâchoires pourries… Et je parviendrai bien

Il commence à ouvrir la tombe.

À vous gorger d'une nouvelle chair.

PARIS, *à part.*

C'est l'orgueilleux Montaigu, le banni,
L'assassin du cousin de ma bien-aimée,
Dont le chagrin — ô délicieuse créature ! —
A sans doute causé la mort. Et le voici
Qui vient faire subir quelque infâme outrage
À leurs dépouilles. Oh, je vais l'arrêter…

Il s'avance.

Interromps ta besogne impie, vil Montaigu !
Comment peut-on poursuivre encore la vengeance
Au-delà de la mort ? Ô misérable, ô proscrit, je t'arrête.
Obéis et suis-moi, tu dois mourir.

ROMÉO

Je dois mourir, c'est vrai, — et c'est même pourquoi
Je suis venu ici. Brave jeune homme,
Ne tente pas un être désespéré.
Fuis, laisse-moi. Médite tous ces morts,
Laisse-toi effrayer... Je t'en supplie,
Ne charge pas mon cœur d'un péché de plus
En excitant ma colère. Va-t'en, va-t'en !
Par Dieu, je t'aime davantage que moi-même,
Car c'est armé contre moi seul que je suis venu
    jusqu'ici.
Ne reste pas, va-t'en ! Vis et dis-toi, plus tard,
Que la miséricorde d'un fou t'a commandé de t'enfuir.

PARIS

Je ne veux rien savoir de tes adjurations
Et je t'arrête pour félonie.

ROMÉO

Tu veux me provoquer ? Soit, mon garçon, en garde !

Ils se battent.

LE PAGE

Oh, Seigneur, ils se battent. Je vais alerter le guet.

Il sort en courant.

PARIS

Oh, il m'a tué ! *(Il tombe.)* Si tu as quelque
    miséricorde,
Ouvre la tombe et couche-moi près de Juliette.

Il meurt.

ROMÉO

Je le veux bien, ma foi ! Mais voyons ce visage…
C'est le cousin de Mercutio, le noble comte Paris !
Que me disait mon valet, quand nous chevauchions
    vers Vérone
Et que mon âme bouleversée ne l'écoutait guère ? Je
    crois
Qu'il disait que Paris devait épouser Juliette.
Me l'a-t-il dit ? Ou l'ai-je rêvé ? Ou bien même
Suis-je assez fou, l'entendant parler de Juliette,
Pour m'être imaginé cela ? Oh, donne-moi ta main,
Qui a signé auprès de la mienne au noir livre de
    l'infortune,
Je vais t'ensevelir dans ce magnifique tombeau.
Un tombeau ? Certes non, jeune victime, un phare
Car Juliette y repose, et sa beauté
Fait de ces voûtes la salle illuminée d'une fête.
Mort, couche-toi ici, enterré par un autre mort.

Il dépose Paris dans le caveau.

Combien de fois les hommes qui vont mourir
Ont ce moment de joie, que les gardes-malades
Nomment l'éclair de la fin. Mais moi, comment
    pourrais-je

Dire un éclair cette heure ? Ô mon amour,
  ma femme !
La mort, qui a sucé le miel de ton haleine,
N'a pas encore eu prise sur ta beauté
Et tu n'es pas vaincue. L'oriflamme de la beauté
Est toujours pourpre sur tes lèvres et tes joues,
Et le drapeau livide de la mort
N'y a pas encore paru. Est-ce toi, Tybalt,
Qui gis ici, dans ton linceul sanglant ?
Eh bien, puis-je mieux faire, en réparation,
Que, de la même main qui faucha ta jeunesse,
Anéantir celui qui fut ton ennemi ?
Pardonne-moi, cousin... Ah ! Juliette chérie,
Pourquoi es-tu si belle encore ? Dois-je croire
Que l'impalpable mort serait amoureuse,
Et que ce monstre honni et décharné
Te garde dans le noir pour que tu sois sa maîtresse ?
Par crainte de cela je veux rester près de toi,
Et jamais, du palais de cette nuit obscure,
Jamais ne ressortir. Ici je veux rester
Avec les vers qui sont tes chambrières. C'est ici
Que je veux mettre en jeu mon repos éternel
Et arracher au joug des étoiles contraires
Ma chair lasse du monde... Un regard ultime, mes
  yeux,
Une étreinte ultime, mes bras ! et vous, ô portes du
  souffle,
Vous, mes lèvres, scellez d'un baiser permis
Mon contrat éternel avec l'avide mort.
Viens, mon amer pilote, mon âcre guide !
Ô nocher de mon désespoir, précipite d'un seul élan
Sur le roc écumeux ta barque fatiguée
Des houles de la mer. Je bois à mon amour.

Il boit.

Que ta drogue est rapide, honnête apothicaire,
Sur un baiser je meurs.

Il meurt.
Entre frère Laurent, avec une lanterne,
un levier et une bêche.

FRÈRE LAURENT

Saint François me soit secourable ! Combien de fois
Mes vieux pieds ont buté dans l'obscurité sur les
    tombes !
Qui va là ?

BALTHAZAR

Un ami. Quelqu'un qui sait qui vous êtes.

FRÈRE LAURENT

Soyez béni ! Dites-moi, mon bon camarade,
Qu'est-ce que cette torche, là-bas, qui éclaire si
    vainement
Les larves et les crânes sans regard ?
Autant que je puisse voir,
Elle brûle au caveau des Capulet.

BALTHAZAR

C'est bien cela, saint homme.
Il y a là mon maître, que vous aimez.

FRÈRE LAURENT

Qui est-ce ?

BALTHAZAR

Roméo.

FRÈRE LAURENT

Depuis quand est-il là ?

BALTHAZAR

Au moins une demi-heure.

FRÈRE LAURENT

Viens avec moi au caveau.

BALTHAZAR

Je n'ose pas, monsieur.
Mon maître croit que je suis parti,
Et il m'a menacé de mort, avec des paroles terribles,
Pour le cas où je resterais à épier ses actes.

FRÈRE LAURENT

Reste donc, j'irai seul. La peur me prend.
Oh, j'appréhende une issue malheureuse...

BALTHAZAR

Et comme je dormais sous cet if, ici,
J'ai rêvé que mon maître se battait avec un autre
    homme
Et qu'il le tuait !

FRÈRE LAURENT

Roméo !

Il s'avance.

Hélas, hélas, qu'est-ce que ces taches de sang
Sur les dalles du seuil de ce sépulcre ?

Et pourquoi ces épées abandonnées, sanglantes,
Gisent-elles livides en ce lieu de paix ?

Il entre dans la tombe.

Roméo ! Et si pâle ! Et qui d'autre ? Quoi, c'est Paris,
Et baignant dans son sang ? Ah, quelle heure cruelle
Est coupable de ce désastre ?
Dieu, la jeune dame s'éveille !

Juliette s'éveille.

JULIETTE

Ô frère, mon réconfort ! Dites-moi où est mon seigneur,
Je me souviens très bien du lieu où je devais être
— Et où je suis... Où est mon Roméo ?

Des voix au loin.

FRÈRE LAURENT

J'entends du bruit, madame. Quittons ces lieux
De mort et d'infection, de sommeils qu'honnit
   la nature.
Un pouvoir contre quoi nous ne pouvons rien
A déjoué nos plans. Venez, viens, viens, ma fille,
Ton mari est là, contre toi, Roméo est mort
Et Paris l'est aussi. Viens, je te trouverai
Une communauté de saintes nonnes.
Ne me questionne pas, car le guet approche.
Viens, viens, chère Juliette. Je n'ose pas rester plus.

JULIETTE

Va, sors d'ici. Je ne partirai pas.

Il sort.

Qu'est ceci ? Une coupe, serrée
Entre les doigts de mon fidèle amour !
C'est le poison, je vois, qui l'a fait mourir
Si prématurément ! Tu as tout bu, avare,
Tu ne m'as pas laissé une goutte amie
Pour m'aider à venir auprès de toi ?
Mais je te baiserai les lèvres. Il se peut bien
Qu'elles soient humectées d'assez de poison encore
Pour que je puisse mourir de ce cordial.

> *Elle l'embrasse.*

Que tes lèvres sont chaudes !

> *Le page de Paris entre dans le cimetière
> avec les hommes du guet.*

LE GUETTEUR

Conduis-nous, mon garçon.
C'était de quel côté ?

JULIETTE

Du bruit ? Bien, faisons vite. Ô poignard, bienvenu,
Ceci est ton fourreau. *(Elle se poignarde.)* Repose là,
Pour que je puisse mourir.

> *Elle tombe et meurt sur le corps de Roméo.*

LE PAGE

Là, où la torche brûle.

L'HOMME DU GUET

Le sol est tout sanglant. Fouillez le cimetière.
Allez-y à plusieurs, et saisissez-vous
De quiconque vous trouverez.

Plusieurs hommes sortent.

Oh, quel triste spectacle ! Le comte, assassiné,
Et Juliette qui saigne, chaude encore et à peine morte,
Elle qui gît sous terre depuis deux jours !
Va prévenir le prince. Va, toi, chez les Capulet.
Et qu'on réveille les Montaigu. D'autres encore,
Qu'ils continuent les recherches.

D'autres hommes sortent.

Nous voyons le terrain où ces malheurs s'étalent,
Mais le vrai fondement de ces maux affreux,
Nous ne le connaîtrons que par une enquête.

*Entre un des hommes du guet, avec
Balthazar.*

LE DEUXIÈME HOMME DU GUET

C'est le valet de Roméo ; nous l'avons trouvé dans
l'église.

LE PREMIER HOMME DU GUET

Qu'on le tienne sous bonne garde jusqu'à l'arrivée du
prince.

LE TROISIÈME HOMME DU GUET

Il y a là un moine qui tremble, soupire et pleure.
Nous lui avons pris ce levier, cette bêche
Comme il venait de par là, dans le cimetière.

PREMIER HOMME DU GUET

C'est très suspect. Gardez aussi le moine.

Entrent le prince et sa suite.

LE PRINCE

Quel désastre est-ce là, qui vient de si bonne heure
Nous arracher au repos matinal ?

Entrent Capulet et sa femme.

CAPULET

Qu'est-il donc arrivé, pourquoi ces cris, de partout ?

LADY CAPULET

Oh, les gens dans la rue hurlent « Roméo »,
Et certains crient « Juliette » ou « Paris » et tous
    courent,
En poussant ces clameurs, vers notre caveau.

LE PRINCE

Pourquoi ces cris de peur dont frémit notre oreille ?

PREMIER HOMME DU GUET

Prince, voici le corps du comte Paris,
Assassiné ; et Roméo, lui aussi mort ; et Juliette,
    qui était morte,
Tiède, et tuée une seconde fois.

LE PRINCE

Cherchez, fouillez partout, trouvez l'énigme
De ces horribles meurtres.

PREMIER HOMME DU GUET

Voici un moine,
Et voici le valet d'un des morts, Roméo.
Chacun avec des instruments pour ouvrir les tombes.

CAPULET

Ô ciel, ma femme, vois, notre fille saigne.
Ce poignard s'est mépris puisque, vois, son fourreau
Est vide sur le flanc du Montaigu
Alors qu'il s'est logé dans le sein de ma fille.

LADY CAPULET

Malheur à moi !
Ce spectacle de deuil est comme un glas
Qui appelle au tombeau mes vieilles années.

Entre Montaigu.

LE PRINCE

Approche, Montaigu. Tu t'es levé à l'aurore
Pour voir dans son couchant la vie de ton fils.

MONTAIGU

Hélas, mon suzerain, cette nuit est morte ma femme.
La douleur de l'exil de notre fils
A consumé son souffle. Quels autres maux
Conspirent à présent contre ma vieillesse ?

LE PRINCE

Regarde, et tu verras.

MONTAIGU

Ô fils mal éduqué ! Comment peux-tu te permettre
De bousculer ton père au seuil de la tombe ?

LE PRINCE

Bâillonne pour un temps tes imprécations,
Il nous faut dissiper ces tristes mirages,

En trouver l'origine et l'enchaînement,
Et après seulement je me ferai le chef
De votre deuil, et je le conduirai
Jusqu'à la mort, s'il le faut. Contenez-vous,
Asservissez vos maux à votre patience,
Et qu'on fasse avancer ceux que l'on soupçonne.

> *Les hommes du guet font avancer frère
> Laurent et Balthazar.*

FRÈRE LAURENT

Je suis le principal des deux accusés :
Bien que le moins capable, le plus suspect
(L'heure et le lieu témoignant contre moi)
D'avoir commis ces meurtres épouvantables.
Et me voici,
Prêt tout autant à m'accuser qu'à me défendre,
À me condamner qu'à m'absoudre.

LE PRINCE

Eh bien, dis tout de suite ce que tu sais.

FRÈRE LAURENT

Je serai bref, car mon faible reste de souffle
Ne pourrait pas suffire à un récit prolixe.
Roméo, que vous voyez mort, fut le mari de Juliette.
Et elle, que voici morte, fut l'épouse fidèle de Roméo.
Je les avais mariés. Mais voilà que le jour
De leur secrète union vit le trépas
De Tybalt, dont la mort prématurée
Fit bannir le jeune marié de cette ville.
C'est pour lui et non pour Tybalt que se lamente
Juliette.

Vous, pour la détourner de son grand chagrin,
La promettez au comte Paris, et décidez même
De la marier de force. Elle vient à moi
Et, folle de douleur, me demande quelque moyen
Pour échapper à cet autre mariage,
Sinon, dans ma cellule, elle va se donner la mort.
Je lui fournis alors ce que m'enseignait ma science,
Une potion somnifère, qui produisit
L'effet que j'attendais, puisqu'elle passa pour morte.
Cependant j'écrivais à Roméo
De venir ici même, l'horrible nuit,
À l'heure où prendrait fin l'effet de la drogue,
Aider Juliette à fuir sa tombe d'emprunt.
Mais le porteur de ma missive, le frère Jean,
Fut retenu par accident et, hier au soir,
Il m'a rendu ma lettre. Et ainsi, tout seul,
Au moment présumé de son réveil,
Je vins reprendre Juliette au mausolée de ses pères,
Comptant bien la cacher dans ma cellule
Jusqu'à ce que je puisse avertir Roméo.
Je vins, quelques instants avant son réveil,
Mais ce fut pour trouver, fauchés avant l'heure, ici
     même,
Et le noble Paris et Roméo le fidèle,
Cependant qu'elle s'éveillait... Oh, je la conjurais de
     partir
Et de prendre en patience ce que le ciel décidait,
Mais alors un bruit m'alarma, je suis sorti de la tombe
Et elle, qu'accablait trop de désespoir,
Refusa de me suivre et, vous voyez, se tua.
Je ne sais rien de plus. Sauf que de ce mariage
La nourrice était au courant... En tout cela
Si quelque contretemps arriva par ma faute,

Que ma vie chargée d'ans soit sacrifiée
À la rigueur des lois les plus sévères,
Une heure avant de rencontrer son terme.

LE PRINCE

Je t'ai toujours tenu pour un saint homme.
Mais où est le valet de Roméo ?
Qu'a-t-il à ajouter à ces paroles ?

BALTHAZAR

J'ai porté à mon maître la nouvelle
De la mort de Juliette. Et il vint de Mantoue, en toute
    hâte,
Ici même, à ce monument. Il me chargea
De remettre à son père, tôt ce matin, cette lettre
Et sous peine de mort, comme il entrait dans la tombe,
Il m'ordonna de partir et le laisser seul.

LE PRINCE

Donne-moi cette lettre, je veux la voir.
Où est le page du comte, qui a alerté le guet ?
Maraud, que faisait-il, ton maître, en cette place ?

LE PAGE

Il était venu répandre des fleurs,
Sur la dépouille de sa dame. Et il m'avait ordonné
De rester à l'écart, ce que j'avais fait.
Mais alors vint quelqu'un, avec une torche,
Ouvrir la tombe ; et bientôt mon maître tirait l'épée
Pendant que je courais prévenir le guet.

LE PRINCE

Cette lettre confirme les paroles du moine.
L'histoire de leur amour ; comment il apprit sa mort.

Comment il acheta, dit-il, un poison
À quelque pauvre apothicaire ; et comment, ainsi
    préparé,
Il vint à cette tombe pour mourir, étendu auprès
    de Juliette…
Où sont ces ennemis ? Capulet ? Montaigu ?
Voyez donc quel fléau frappe votre haine :
La justice du ciel a trouvé le moyen
D'anéantir vos joies par l'effet d'un amour.
Et moi, qui ai fermé les yeux sur vos discordes,
Je perds ces deux parents. Nous sommes tous punis.

CAPULET

Ô Montaigu, donne-moi ta main, mon frère.
Que ce soit la dot de ma fille.
Je ne puis te demander plus.

MONTAIGU

Mais moi, je puis te donner davantage
Car je veux lui dresser une statue d'or fin,
Pour que, tant que Vérone sera Vérone,
Il n'y ait pas de femme plus honorée
Que la loyale et fidèle Juliette !

CAPULET

D'une égale splendeur sera Roméo auprès d'elle.
Pauvres réparations de nos inimitiés !

LE PRINCE

C'est une paix bien morne que ce matin nous apporte.
Le soleil, de douleur, ne se montre pas.

Partons, allons parler encore de ces tristes
  événements.
D'aucuns seront punis, d'autres pardonnés.
Ah, jamais il n'y eut plus douloureuse histoire
Que celle de Juliette et de son Roméo !

Ils sortent.

DOSSIER

VIE DE SHAKESPEARE

1564. 26 avril : baptême de William Shakespeare à Stratford. Naissance de Marlowe.

1572. Naissance de John Donne et de Ben Jonson.

1582. Novembre : William épouse Anne Hathaway.

1583. 26 mai : baptême de leur fille Susanna.

1585. 2 février : baptême de leurs enfants jumeaux, Hamnet et Judith.

1587. *La Tragédie espagnole*, de Thomas Kyd, *Tamburlaine* (part I), de Marlowe.

1588-1590. À un moment dans cette période, Shakespeare s'établit à Londres sans sa famille.

1589. Attaques de Greene contre Shakespeare.

1592. Le *Docteur Faust*, de Marlowe.

1593. Marlowe est tué.
Peste à Londres et fermeture des théâtres.

1594. Shakespeare dans la troupe du Chambellan.

1596. Mort d'Hamnet.

1597. Achat de New Place, à Stratford.

1599. Révolte d'Essex.
La troupe du Chambellan au Globe.

1601. Mort du père de Shakespeare.

1603. Jacques VI d'Écosse succède à Élisabeth sous le nom de Jacques Ier d'Angleterre. Il patronne la troupe du Chambellan, qui devient The King's Men.
Florio traduit les *Essais* de Montaigne.

1606. *Volpone*, de Ben Jonson.

1607.   5 juin : mariage de Susanna à Stratford, avec un médecin.
1608.   Mort de la mère de Shakespeare, Mary Arden.
1610 ou 1612.   Retour à Stratford.
1613.   Incendie au Globe.
1616.   10 février : mariage de Judith, avec un marchand de vins.
        23 avril : mort de Shakespeare.
1623.   Le Premier Folio.

NOTE DU TRADUCTEUR

Cette traduction a été faite sur le texte établi par John Dover Wilson pour *The New Shakespeare*, Cambridge University Press, 1955. Mais compte a été tenu de diverses leçons ou interprétations proposées par *The Arden Shakespeare* — Brian Gibbons, 1980 — et *The Riverside Shakespeare*, 1974. C'est le second Quarto, de 1599, qui sert de base à ces éditions, non sans emprunts cependant au « mauvais » Quarto de 1597. La division en actes et scènes ne figurait pas dans les éditions anciennes.

On s'accorde aujourd'hui à penser que *Roméo et Juliette* a été écrit en 1594 ou, plus vraisemblablement encore, en 1595. L'œuvre a pour source une nouvelle de Bandello (1559) qui fut traduite en français par Pierre Boiastuau en 1559, puis du français en anglais par le poète Arthur Brooke (*The Tragical History of Romeus and Juliet*, 1562, que Shakespeare a certainement lu dans sa deuxième édition, 1587). Le second Quarto donne pour titre à la pièce *The Most Excellent and Lamentable Tragedy of Romeo and Juliet*.

J'ai fait, à l'occasion de cette réédition de *Roméo et Juliette* dans la collection Folio, d'assez nombreuses corrections à ma première version, publiée au Mercure de France en 1968. Mais je ne tenterai pas de justifier la façon dont j'ai essayé de rendre en une autre langue les jeux sur les mots qui sont, dans le texte original, innombrables : il y faudrait tout un livre.

BIBLIOGRAPHIE

Principales éditions de Roméo et Juliette

SPENCER, T.J.B., ed., New Penguin Shakespeare, Harmondsworth, 1967.

GIBBONS, Brian, ed., Arden Shakespeare, Londres, 1980.

EVANS, G. BLAKEMORE, ed., New Cambridge Shakespeare, Cambridge, 1984.

Quelques études sur Roméo et Juliette

SHAW, G. Bernard, 1895, in *Shaw on Shakespeare*, Edwin Wilson, ed., Harmondsworth, 1961.

BRADLEY, A.C., *Shakespearean Tragedy*, Londres, 1904.

AUDEN, W.H., « Commentary on the Poetry and Tragedy of *Romeo and Juliet* », in Francis Fergusson, ed., The Laurel Shakespeare, New York, 1958.

LAWLOR, John, « Romeo and Juliet », in B. Harris et J.R. Brown, *Early Shakespeare*, Stratford-upon-Avon, Studies 3, Londres, 1961.

LEECH, Clifford, « The Moral Tragedy of *Romeo and Juliet* », in Standish Henning ed., *English Renaissance Drama*, Carbondale, Illinois, 1976.

KAHN, Coppelia, « Coming of Age in Verona », *Modern language Studies*, 8 (1977-1978), repris dans C.R.S. Lenz,

G. Greene et C.T. Neely, *The Woman's Part : Feminist Criticism of Shakespeare*, Urbana, Illinois, 1980.

LEVENSON, L., *« Romeo and Juliet » : Shakespeare in Performance*, Manchester, 1987.

PORTER, Joseph, *Shakespeare's Mercutio : His History as Drama*, Chapell Hill, N.C., 1988.

Sur Shakespeare

SCHMIDT, Alexander, *Shakespeare Lexicon*, Berlin, Georg Reimer, 1902. Réédité sous le titre *Shakespeare Lexicon and Quotation Dictionary*, New York, Dover, 1971.

ONJONS, C. T., *A Shakespeare Glossary*, Londres, Oxford University Press, 1911 (nombreuses rééditions).

FLUCHÈRE, Henri, *Shakespeare, dramaturge élisabéthain* (1948), Gallimard, 1966.

BERMAN, Ronald, *A Reader's Guide to Shakespeare's Plays : A Descriptive Bibliography*, 1965 ; éd. revue 1973 (à compléter par les bibliographies annuelles du *Shakespeare Quarterly* et les recensions du *Shakespeare Survey*).

MAYOUX, Jean-Jacques, *Shakespeare* (1966), Aubier, 1982.

LENZ, Carolyn, et al, éd., *The Woman's Part : Feminist Criticism of Shakespeare*, Urbana, University of Illinois Press, 1980.

DASH, Irene G., *Wooing, Wedding and Power : Women in Shakespeare's Plays*, New York, Columbia University Press, 1981.

VENET, Gisèle, *Temps et vision tragique. Shakespeare et ses contemporains*, Presses de la Sorbonne nouvelle, 1985.

LAROQUE, François, *Shakespeare, comme il vous plaira*, Gallimard, « Découvertes », 1991.

GARNER, Shirley N., et SPRENGNETHER, Madelon, éds., *Shakespearean Tragedy and Gender*, Indiana University Press, 1996.

MAGUIN, Jean-Marie et Angela, *William Shakespeare*, Fayard, 1996.

SUHAMY, Henri, *Shakespeare*, Le Livre de Poche, 1996.

HOPKINS, Lisa, *The Shakespearean Marriage : Merry Wives and Heavy Husbands*, Londres, Palgrave, 1997.

BLOOM, Harold, *Shakespeare : the Invention of the Human*, New York, Riverhead Books, 1998.

BONNEFOY, Yves, *Théâtre et poésie : Shakespeare et Yeats*, Mercure de France, 1998.

VIGNAUX, Michèle, *Shakespeare*, Hachette, 1998.

DU MÊME AUTEUR

par le même traducteur

COLLECTION FOLIO

Impression Liberdúplex
à Barcelone, le 2 août 2004
Dépôt légal : août 2004
Premier dépôt légal dans la collection : avril 2001

ISBN 2-07-041824-3./Imprimé en Espagne.

131380